KB074339

이 책에 사용된 그림은 프란츠 마르크의 작품입니다.

반짝반짝

내 안의 빛이 되어준
말들의 추억

월간
정여울

천년의상상

차례

내 안의
빛이
되어준
말들의
추억

들어가는 말

반짝반짝,
내 안의 빛이 되어준 말들

유명 작가의 명언이나 영화 속의 명대사가 아니더라도 좋다. 내 안의 빛이 되어주는 말들은 언어의 정교함보다는 그 안에 담긴 '마음의 따스함'을 품고 있는 경우가 많다. 걸핏하면 상처받고, 너무 자주 자신감을 잃어버렸던 나는, 주머니 속 손난로처럼 따뜻한 온기를 전하는 타인의 말들이 너무도 그리웠다. 힘들 때마다 나를 일으켜주는 문장들, 혹은 문장이나 대화를 뛰어넘어 존재하는 비언어적 표현들은 나에게 삶을 지탱하는 버팀목이 되어주곤 했다.

내가 기억하는 첫 번째 '빛이 되어준 말'은 고등학교 때 국어 선생님의 칭찬이었다. 그 시절 나는 국어 선생님을 워낙 좋아해서 국어 시간이 시작되기 전에는 마치 소풍 가는 날처럼 두근두근 설레곤 했다. 그야말로 전형적인 '꿈 많은 문학소녀'였으면서도 누가 '문학소녀'라고 부르면 '난 절대 아니다'라고 손사래를 치느라 바빴던, 지독히 예민한 감수성을 품은 아이였다. 열일곱 살의 나는 교지 편집장을 맡고 있었는데 그때 내 생애 처음으로 긴 글을 써서 '과연 이렇게 써도 되는 건가' 걱정이 되기 시작했다. 국어 선생님께 내 글을 보여드렸더니, 메모지에 다섯 장이나 빼곡한 글씨로 '이 글의 어떤 점을 고쳐야 할지'를 적어주셨다. 그 문장들은 정확히 기억나지 않지만 선생님이 나를 위해 무려 다섯 장의 메모지를 빼곡하게 채워주셨다는 사실 자체가 눈물겨웠다. 그래도 마음속으로는 조금 서운했다. '한마디라도 칭찬을 해주시면 소원이 없겠다'는 생각도 했던 것 같다. 그런데 며칠 후 친구에게 뜻밖의 이야기를 들었다. 우리 반이 아닌 다른 반 수업에서, 선생님이 나에 대한 칭찬을 침이 마르도록 하셨다는 것이다. 내 얼굴은 빨개졌지만, 너무 행복해서 심장이 터질 것 같았다.

　내 안의 빛이 되어준 말들의 두 번째 기억, 그것은 대학
교 졸업반 때의 한국 현대 문학사 수업 시간이었다. 친했던
선배들은 모두 졸업하고, 자주 보던 친구나 후배들도 군대
에 가거나 취직을 하고, 나는 외롭게 대학원 입시 준비를 하
고 있었다. 그때는 너무 외로워서 글쓰기밖에 친구가 없다
고 느꼈다. 한국 현대 문학사 수업을 들었던 건 '공부'를 위
해서라기보다는 '낯익은 것'이 내게 하나라도 필요했기 때
문이었다. 친밀했던 모든 대상을 한꺼번에 잃은 내게 낯익
은 유일한 대상은 문학이었으니까. 나는 마치 유일한 친구
를 놓치지 않기 위해 그 아이에게 필사적으로 올인하는 외
로운 아이처럼 그 수업에 매달렸다. 첫 번째 과제는 '순수문
학과 참여문학에 대한 자신의 생각을 적어보라'라는 간단한
문제였는데, 나는 마치 사생결단을 하듯 열심히 글을 써 갔
다. 첫사랑에게 연애편지를 쓰는 풋내기처럼 나는 '쓰고, 찢
고, 쓰고, 버리고'를 반복하며 밤새 글을 써 내려갔다. 그 글
을 제출한 다음 주, 교수님은 수업에 들어오자마자 평소처
럼 출석도 안 부르시고 대뜸 이렇게 물으셨다. "정여울이 누
구야?" 나는 뭔가 잘못한 건가 싶어 겁이 난 채로 쭈뼛쭈뼛
손을 들었다. 너무 떨려서 그 순간에 무슨 말을 들었는지는
기억이 가물가물하지만, 열심히 잘 썼다는 칭찬이었음은 기

억한다. 교수님은 며칠이 지난 뒤에, 수업도 시작하기 전에 나를 부른 진짜 이유를 말씀해주셨다. "눈이 부셔서, 네 글은 정말 눈부시다." 눈물이 핑 돌았다. 그 수업을 듣는 내내, 나는 더 이상 외롭지 않다는 것을 깨달았다. 나도 모르는 내 눈부심을 알아준 선생님이 계셨기에, 나는 태어나서 가장 외로웠던 1년의 시간을 버틸 수 있었다.

지금도 나는 '눈부시다'라는 형용사에 과도하게 집착하는 경향이 있다. 나에게는 '훌륭하다', '대단하다', 심지어 '대박이다'라는 표현보다 '눈부시다'가 최고의 칭찬이다. '최고다', '멋지다'라는 말로는 도저히 성에 차지 않을 때, 나는 '눈부시다'라는 말을 쓰곤 한다. 이보다 더 멋진 말을 찾고 싶은데, 아직은 내 안의 최상급이 '눈부시다'라는 형용사다. 그때 그 시절 선생님의 '눈부시다'라는 칭찬에 눈이 멀어버린 나는, 아름답고 놀라운 것들에 바치는 최상의 표현을 '눈부시다'로 결정해버린 것 같다. 가끔 "젊은 나이에 너무 다작 아닌가"라는 평가를 듣고 슬퍼질 때가 있다. 자꾸만 떠오르는 아이디어를 주체할 수 없는 나에게, 다작이라는 비판은 나의 존재 자체를 공격하는 아픈 칼날이 되곤 한다. 나는 그럴 수밖에 없는데, 나의 자연스러운 나다움을 부정당하는 것

같아 가슴이 아플 때가 있다. 그런데 얼마 전 이 모든 아픔을 한꺼번에 치유해줄 아름다운 응원군을 만났다. 한 독자가 나에게 이렇게 댓글을 써준 것이다. "정 작가님, 오래오래 다작해주세요. 지금보다 더 많이 써주세요." 내가 '다작'이라는 공격에 상처받았다는 사실을 그는 눈치챈 것일까. "다작해주세요"라는 말은 '나는 당신의 있는 그대로를 아끼고 사랑합니다'라는 말처럼 들려 또 한 번 눈물이 핑 돌았다.

쉴 틈 없이 쏟아지는 아이디어가 죄라면, 나는 더 열심히 죄를 짓고 싶다. 나는 지금보다 더 맹렬하게 다작하고 싶다. 나의 체력과 나의 재능과 나의 열정이 허락하는 그날까지. 내 안의 빛이 되어준 그 따스한 말들과 함께, 나는 오래오래 다작하고 싶다. 이 책은 내 안에서 최고의 눈부신 풍경으로 저마다 반짝반짝 빛나고 있는 말들, 추억들, 기억들, 사람들에 대한 이야기를 담은 '정여울의 눈부심 컬렉션'이다. 부디 이 책이 여러분 안에 '숲속의 잠자는 공주'처럼 쌔근쌔근 잠들어 있는 소중한 반짝임을 일깨워주는 우정의 촉매가 되기를.

'월간 정여울' 여섯 번째 이야기, 『반짝반짝』을 눈부시게 빛내줄 화가로는 프란츠 마르크를 초대했다. 그는 극도의 절제된 색채와 형태만을 용인하는 당시 독일의 지배적인 화풍에서 벗어나 그야말로 무지갯빛, 총천연색으로 번져가는 색채의 향연을 펼쳤다. '무지개의 색을 훔친 화가'로 불리는 프란츠 마르크는 황금빛으로 빛나는 암소, 청 보라색 나귀, 빨강, 노랑, 파랑 피부를 자랑하는 우아한 말과 사슴, 무어라 형언할 수 없는 오묘한 '믹스 매치'의 영롱한 색채로 빛나는 유쾌한 망아지를 캔버스에서 마음껏 뛰어놀게 했다. 프란츠 마르크는 형태를 그리기 위한 색채에 그치지 않고, 색채 자체의 내적인 반짝임을 그리려 했던 것이 아닐까. 그는 그림뿐 아니라 언어마저도 빛나는 화가다. 프란츠는 성직자의 길과 화가의 길 사이에서 심각하게 갈등하다가 결국 화가의 길을 선택하며 친구 오토에게 이런 편지를 썼다. "내면의 불길한 갈등은 장차 더 큰 확신에 이르기 위한 예비 단계라고 생각하면서 나 자신을 위로하곤 하지. 그러나 나는 내 존재 안에서 예술가를 발견했네. (…) 그러나 지금의 내 모습을 돌이켜보면 성직자도 아니고 교사도 아닌 어정뱅이일세. 물론 예술의 길을 간다고 해서 삶의 모든 의혹과 고민거리가 사라지는 건 아니겠지. 그러나 이제 내 갈 길을 찾았다고 생각하네."(토마스 다비트, 『프란츠 마르크』, 랜덤하우스코리아, 2006, 32쪽.) 미래가 불확실함에도, 자신의 재능에 대한 확신이 없음에도, 기꺼이 예술가의 길을 선택한 그의 용기가 요즘 들어 더욱 반짝반짝 빛을 발한다. 내가 좋아하는 것을, 누구의 눈치도 안 보고 선택할 수 있는 용기야말로 내 안의 결코 포기할 수 없는 눈부신 반짝임이니까.

P.S. 벌써 '월간 정여울' 12개월 프로젝트의 절반을 완성했다. "드디어 네가 미쳤구나"라는 소리를 들으며 두려움 반 설렘 반으로 시작했던 이 프로젝트가 빛을 보게 되기까지, 내 삶을 반짝반짝 빛내주는 사람들이 있었다. '다작의 최정점'을 기어코 찍고야 만 '월간 정여울'을 매월 만드는 데 도움을 주시는 모든 분들. 특히 나보다 더 열정적으로, 때로는 나보다 더 나를 잘 아는 듯한 소름 끼치는 총명함으로 '월간 정여울'을 책으로 빚고 다듬어주고 있는 홍보람 편집자에게, 매호 세련되고 깔끔한 디자인으로 '월간 정여울'을 아름답게 피어나게 해주는 홍지연 실장님께, 그리고 늘 놀라운 아이디어로 나를 감동시키는 '리더십 짱'인 안혜련 팀장님, 내가 가장 가난했을 때 나에게 별의별 일거리를 다 구해주었던 나의 애틋한 멘토 선완규 주간님, 내 모든 아이디어들을 가장 먼저 끈기 있게 들어주고 날카롭게 비난해주며 그 서툰 아이디어들이 끝내 세상 밖으로 나올 수 있게 내 등짝을

두드려주는 이승원 선생님께 감사하고 싶다. 그리고 이 책을 지금 펼쳐주신 한 사람의 소중한 독자, 바로 당신이 있기에 나는 오늘도 쓰고, 또 쓰고, 살며 사랑하며 감사할 수 있음을, 나는 매 순간 결코 잊지 않는다.

2018년 여름의 초입,
참으로 오랜만에
우리 집 정든 소파에서 쓰다

가시와
날의
차이

들을 때마다 왠지 마음 한구석이 찔리는 속담이 있다. 바로 '모난 돌이 정 맞는다'는 속담이다. 타인에게 서운한 말을 들을 때면 '내가 둥글둥글하지 못하고, 예민하고 까다로운 성격이라 비난을 받는 걸까'라는 의문에 사로잡혀 서글퍼진다. 하지만 이 속담은 '모난 돌'의 날카로움을 비난하느라 '때리는 정'의 획일화된 폭력을 은폐하고 있는 것이 아닌가. 왜 저마다 다르게 생긴 돌들의 모양을 있는 그대로 존중해주지 않는 걸까. 세상에 둥글고 매끈한 돌만 있는 것이 아니지 않은가. 우리 '모난 돌'의 입장에서는 엄청나게 억울하다. 원래 그렇게 생겨먹은 것을 어찌하란 말인지. 각지고, 움푹 패고, 날카롭게 모서리 진 돌 또한 그 자체로 소중하다. 모든 날카로움이 다 위험한 것은 아니다. 때로는 이 세상에 꼭 필요한 날카로움도 있다.

이런 생각을 하고 있던 와중에 선배의 멋진 조언을 들었다. "가시는 빼고 날은 세워라!" 나는 그 말을 듣는 순간, 내 날카로움과 까칠까칠함의 감미로운 은신처를 발견한 기분이었다. '가시'는 공격을 위한 흉기가 되지만, '날'은 임무를 완수하기 위한 도구가 된다. 예컨대 질투나 증오, 원한이나 분노는 가시처럼 자기도 모르는 사이에 남을 공격하는 흉기가 된다. 하지만 '날'은 요리사가 자신의 칼을 분신처럼 소중하게 갈고 닦듯 반드시 더 날카롭게 벼리어야 하는 필수 도구다. 농부가 낫과 호미를 더 단단하게 벼리어 이듬해 농사를 준비하듯이. 가시는 적을 향하지만, 날은 재료를 향한다. 가시는 내가 가만히 있을 때조차도 내게 다가오는 모든 타인을 아프게 찌르는 것이지만, 날은 꼭 필요할 때만 적재적소에 힘을 발휘하여 목표물을 정확하게 자른다.

우리가 저마다의 가슴속에 키우고 있는 날카로운 가시는 무엇일까. 끊임없이 솟아오르는 콤플렉스, 나보다 뛰어난 타인을 향한 질투심이나 괜한 부러움, '남보다 더 잘 해내야 한다'는 집착과 강박관념. 이 모든 것이 뾰족한 가시가 되어 남들은 물론 자기 자신까지 찌른다. 이런 종류의 가시는 스스로 뽑아내는 것이 상책이다. 그렇다면 우리가 더욱 날카롭게 벼려야 할 '날'은 무엇일까. 그것은 저마다의 재능, 열정, 노력 같은 것들이 아닐까. 신념과 철학, 의지와 정의로움 또한 아무리 날카롭게 벼려도 지나치지 않다.

어떤 상황에서는 '가시'가 되고 또 다른 상황에서는 '날'이 되는 존재도 있다. 바로 말하기다. 말하기는 때로는 가시가 되어 남을 찌르고, 때로는 날 선 무기가 되어 목표물을 정확히 맞추기도 한다. 글보다는 말이 가시가 될 확률이 높다. 글은 쓰면서 끊임없이 고칠 수 있고, 다 쓰고 나서도 얼마든지 삭제할 수 있어 조절이 가능하지만, 충동적으로 내뱉은 말은 한번 엎질러지면 주워 담을 수가 없다. 말을 할 때는 그저 활자만 전달되는 것이 아니라, 상대방의 표정과 목소리와 몸짓, 그날의 분위기 전체가 똘똘 뭉쳐 함께 작용하기 때문이다. 고치거나 삭제할 기회가 있는 글에 비해 말 쪽이 더 대형 사고를 칠 확률도 높다.

살아가다 보면 자신의 실력과 재능이라는 '무기'가 필요할 때가 있지만, 증오나 질투 같은 공격적인 감정이 가시처럼 자라나 상대를 찌르는 '흉기'가 되어서는 안 된다. "가시는 빼고 날은 세워라"라는 선배의 조언은 때로는 나비처럼

날아 벌처럼 쏘는 재능을 발휘하되, 자신의 주체할 수 없는
감정을 타인을 향한 흉기로 쓰지 말라는 조언처럼 들렸다.
'날'은 주체할 수 있지만, '가시'는 주체할 수 없으므로. 다시
'모난 돌이 정 맞는다'는 속담으로 되돌아와 그 문장을 가만
히 음미해본다. 저마다 울퉁불퉁하게 생긴 모난 돌이 '개성
화'를 가리킨다면, 그 울퉁불퉁한 돌들을 어떻게든 제작자
의 의도에 맞게 때리는 정은 '사회화'를 가리키는 것이 아닐
까. 인간에게는 사회가 요구하는 규범에 동화되는 사회화도
필요하지만, 내가 누구인가를 스스로 찾아가는 개성화도 절
실하다. 사회화는 질서나 제도를 향한 적응의 문제지만, 개
성화는 무슨 일이 있어도 포기할 수 없는 나만의 길을 찾고,
나다움을 가꾸고, 마침내 진짜 나 자신이 원하는 인생을 살
아내는 것이다. 이 세상 모든 모난 돌들이여, 억지로 우리 자
신을 동글동글하게 깎아내지 말자. 당신의 날카로운 모서리
를 있는 그대로 사랑하기를. 나의 가파름과 울퉁불퉁함이야
말로 '나를 끝내 나답게 만드는 그 무엇'이므로.

나를
매혹시킨 것이
나를
분노하게
한다

온유함은 분노와 관련된 중용이다. (…) 당연히 화낼 일로, 당연히 화내야 할 사람들에게, 적당한 방법으로, 적당한 만큼, 적당할 때에, 적당한 기간 동안 분노하는 사람은 칭찬받는다. 그런 사람은 온유한 사람일 것이다. 칭찬받는 것은 그의 온유함이기 때문이다. 온유한 사람은 대개 침착하여 감정에 휘둘리지 않고, 이성의 지시에 따라 당연히 화내야 할 일에 적당한 방법으로, 적당한 기간 동안만 분노하니 말이다.

— 아리스토텔레스, 천병희 옮김, 『니코마코스 윤리학』,

　숲, 2013, 161쪽.

만약 당신과 가장 가까운 사람이 당신에게 늘 이런 말을 한다면, 당신은 평정심을 유지할 수 있을까. "평범해, 지루해, 이류야, 놀랍지 않아, 만족스럽지 않아, 인상적이지 않아." 언제부턴가 평범함은 사람들에게 '누군가가 결코 특별하거나 탁월하지 못함'을 일깨우는 악담의 일종이 됐다. 하지만 실제로 평범함은 평화로움의 일종이며, '모나지 않게, 지나치게 힘들지 않게, 소중한 것들의 축복 속에서 살아가는 행복'의 다른 이름이다.

　평범함이란 '무엇을 상상해도 그 이하를 보게 되는' 미디어 중독의 시대, 이제 무엇을 봐도 그리 놀라지 않게 되어버린 현대인이 잃어버린 행복의 비결이다. 오히려 평범한 일상 속에서 지극한 행복을 누리는 사람이야말로 진정으로 비범한 사람이 되어버렸다. 길리언 플린의 소설 『나를 찾아줘』 속 주인공 닉도 그랬다. 경이롭고 대단하고 화려한 에이미를 만나기 전까지는. 닉은 자신이 지금까지 만난 어떤 여자들보다도 화려하고 돋보이는 에이미에게 첫눈에 반한다.

　그들이 서로에게 푹 빠진 시절은 미국 경기가 호황을 누리던 때였다. 그들은 1980년대와 1990년대, 미국 호황이 낳은 자본주의의 기린아였던 것이다. 닉과 에이미가 둘 다 작가로서 기량을 충분히 발휘할 수 있었던 그 시대는 종이책 르네상스 시대였다. 닉은 자신이 '한때 작가'였다고 고백한다. "뉴욕에는 작가가 넘쳐났다. 잡지, 진짜 잡지가 셀 수 없이 많았던 때니까. 그때까지만 해도 인터넷은 출판계의 한쪽 구석에 웅크리고 있는 진기한 애완동물 같은 존재였다. (…) 생각해보라. 대학을 갓 졸업한 애들이 뉴욕으로 가서 글을 쓰며 돈을 벌 수 있었던 시절을. 그때 우리는 이 직업이 10년 안에 사라질 거라고는 꿈에도 생각하지 못했다."

'평범한 삶'의
가치

그러나 21세기로 접어들면서 종이책 전성기는 끝난다. 베스트셀러 작가이자 자신의 삶을 모델로 한 동화 시리즈 '어메이징 에이미Amazing Amy'의 주인공이기도 한 에이미는 이 변화의 직격탄을 맞는다. 늘 최고의 모범생으로 자랐고, 동화 시리즈를 통해 셀러브리티의 자리까지 꿰차고 있던 에이미는 변화를 받아들이지 못한다. 어머니가 암 투병으로 힘든 나날을 보내게 되자 닉은 고향으로 돌아가자고 에이미를 설득한다. 에이미는 당황스럽다. 항상 '세상의 중심'인 뉴욕에서 '어메이징 에이미'로 살아가던 그녀가, 미주리의 한적한 마을로 가서 산다는 것은 '몰락' 그 자체였기 때문이다. 에이미는 이때부터 닉과 그의 가족을 대놓고 무시한다.

글을 통한 밥벌이를 더는 할 수 없게 되자 닉은 쌍둥이 여동생 '고'와 함께 고향에서 술집을 연다. 가게를 위해 에이미에게 8만 달러를 빌린 닉은 이제 아내 앞에서 '을'로 전락해버린다. 에이미의 눈에 비친 남편은 그저 풀 죽은 루저일 뿐이다. 그녀를 더욱 고통스럽게 한 것은 자신의 몰락이다. 더 정확하게 말하면 자신의 '상품 가치 몰락'이다. 이제 몰락한 중산층 남자의 '평범한' 아내가 되어버린 에이미는 더 이상 '놀라운 이야기'의 주인공이 될 수 없었던 것이다.

두 사람 사이에는 피할 수 없는 권태기가 찾아온다. 그들은 불황 속에서도 소소한 행복을 찾는 '평범한 삶'의 가치를 발견해내지 못했고, 둘의 관계는 걷잡을 수 없이 악화된다. 닉은 결국 젊은 여대생과 불륜을 저지르고, 그 사실을 알게 된 에이미는 복수극을 기획한다. 그녀의 부모가 만들어낸

'어메이징 에이미'라는 신화를 훌쩍 뛰어넘는 새로운 신화, 바로 멀쩡히 살아 있는 자신을 '죽은 사람'으로 만드는 참혹하지만 '상품성 높은 이야기'의 주인공으로 자신을 탈바꿈시킨 것이다.

그녀를 괴물로 만든 것은?

에이미는 철저히 계획적으로 남겨둔 일기에서 자신을 '남편의 손에 살해된 불쌍한 여자, 게다가 임신까지 한 채로 버림받은 여자'로 그린다. 그를 위해 자신이 납치되는 정황, 자신이 남편이 휘두른 둔기에 맞아 엄청난 양의 피를 흘린 흔적까지 조작해낸다. 도대체 무엇이 그녀를 이토록 참혹한 괴물로 만들었을까. 일차적으로는 부모의 책임을 물을 수 있다. 아동 심리학자인 부모는 모든 면에서 뛰어난 외동딸 에이미를 어린 시절부터 '상품'으로 만든다. 책 속의 '놀라운 에이미'는 매번 '실제 삶에서의 평범한 에이미'를 앞질러갔다. 그녀가 아무리 용을 써도 엄마 아빠가 조작해낸 그 '경이로운 에이미'의 발끝에도 미치지 못했다. 부모는 딸을 상품화해 엄청난 수익을 올렸고, 딸이 자신들의 기대를 저버릴 때마다 소설 속 에이미를 승승장구하게 만듦으로써 기이한 대리 만족을 즐긴다.

이 이야기의 또 다른 주인공은 바로 '언론'이다. 에이미는 언론 플레이를 통해 처음에는 아이를 가진 채 남편에게 학대당하는 비련의 여인으로, 나중에는 스토커로부터 강간당한 후 그를 '정당방위'로 죽인 영웅으로 자신을 화려하게 포장해 미디어에 전시한다. 미디어가 없었다면, 과열된 취재 경쟁이 없었다면, 열광하는 대중이 없었다면 '어메이징 에이미'는 존재할 수 없다. 에이미를 무서운 소시오패스로 완성한 일등 공신은 바로 '미디어가 지배하는 세상, 유명해질수만 있다면 어떤 불이익도 감수할 수 있는 세상'이었던 것이다.

닉은 아내가 자신을 살인범으로 몰아세우고, 그녀의 옛애인 데시를 강간범으로 조작해 끝내 살해한 사실을 알고 있으면서도 에이미에게서 벗어나지 못한다. 닉은 배 속의 아이 때문에 아내를 떠날 수 없다고 말하지만, 더 본질적인 이유는 '평범한 여자'와 살아갈 수 없기 때문이다. 대중은 그녀가 소시오패스라는 사실을 모르며, 그녀가 '더 큰 거짓말'을 할수록 그 화려한 입담과 현란한 이미지에 현혹된다. 그녀는 이제 자기 거짓말의 노예가 됐고, 부모가 만들어낸 '어메이징 에이미'라는 상품을 넘어서서 스스로 창조한 '괴물 에이미'가 된다. 그녀는 남편은 물론 배 속의 아이까지 저널리즘의 상품으로 만든다. "나는 아내를 데리러 경찰서로 갔다가 록스타이자 오스카 수상자이자 압승을 거둔 대통령이자 처음으로 달에 간 사람인 것처럼 언론의 환호를 받았다." 닉은 그저 에이미의 놀라움에 기생해 그녀의 상품성을 드높여주는 부가적 존재로 전락한 것이다.

그들이 재산을 잃거나 명성을 잃는 것보다 더 나빴던 것은 그들의 분노가 결국 자신들의 가장 소중한 무엇을 점점 잃게 만든 것이다. 분노가 인간을 파괴할 때 가장 무서운 것은 그에게 본래 있었던 가장 좋은 것, 가장 빛나는 것을 말살해버린다는 점이다. 분노는 사람에게서 무언가를 끊임없이 빼앗아간다. 당신을 분노하게 만드는 사람이 바로 당신을 정복하는 것이다.

마르쿠스 아우렐리우스는 이렇게 말한다. "분노의 원인

보다 더욱 비참한 것은 분노의 결과"라고. 그녀는 '어메이징 에이미'라는 신화적 매트릭스를 깨부수고, 맨주먹으로 일어나 새로운 삶의 영토를 개척할 수도 있었다. 하지만 더 혹독한 신화의 감옥을 만듦으로써 이제 누구도 구해줄 수 없는 죄악의 감옥에 스스로를 유폐해버렸다.

선량한 사람들의 충언

이 작품에서 유일하게 끝까지 제정신을 차린 사람이 닉의 쌍둥이 여동생 '고'였다는 점이 내게는 가녀린 희망처럼 다가왔다. 그녀는 천재적인 두뇌와 매력적인 성품을 지녔지만 대단한 부귀영화를 바라진 않는다. 닉을 끝까지 말리며 '언젠가 널 죽일지도 모르는 여자와 함께 살아서는 안 된다'고 만류하는 것도 그녀다. 세상은 이런 선량한 사람들의 충언에 귀를 기울이지 않는다. 당신 주변에 가장 평범한 듯 보이지만 가장 조용하고 담담하게, '오늘 하루'를 무사히 보낸 것 자체에 만족을 느끼는 '착한 사람'이 있는가. 그 사람이야말로 당신의 가장 소중한 길벗, 당신이 온갖 분노로 감정을 추스르지 못할 때마다 조언을 구할 수 있는 아름다운 평범성의 화신일 것이다.

　나는 오늘 하루도 어김없이 도저히 이해할 수 없을 정도로 황당한 뉴스에, 받아들일 수 없는 참담한 현실에 분노했다. 그러나 나의 분노를 새하얀 이성의 테이블 위에 놓고 그 빛깔과 냄새를 하나하나 분석해본다. 나의 분노가 과연 정당한 것인지, 내가 꼭 맞는 상황에서 꼭 맞는 사람에게 꼭 맞는 방법으로 분노하고 있는지. 나는 한참 멀었다. 아리스토텔레스의 격언처럼 적당한 때, 적당한 사람, 적당한 상황을 골라 제대로 분노할 수 있으려면. '정당한 분노를 표출함'으로써 나의 삶뿐 아니라 타인의 삶을 따뜻하게 만드는 분노. 홀로 고립되는 분노가 아니라 함께 더 좋은 세상을 만드는 분노를, 언제쯤이면 '꼭 맞는 곳, 꼭 맞는 사람, 꼭 맞는 시기'에 표출할 수 있을까.

혐오 표현은
누구를
위한
것인가

욜로족, 캥거루족, 니트족, 88만원 세대 등 수많은 신조어
가 젊은이들의 새로운 라이프 스타일을 조명해왔다. 이런
신조어들은 지금까지 최신 유행을 반영하면서 기존의 단어
로는 좀처럼 표현할 수 없는 신인류의 풍속도를 그려왔다.
그런데 이런 말들이 꼭 최신 유행을 반영하는 데에서 그치
는 것만은 아니다. 어떤 희미한 현상에 선명하게 '이름'을 부
여함으로써 그것을 더욱 강하고 지속적인 사회현상으로 고
착시키는 역할도 한다. 예컨대 김치녀, 된장녀 같은 여성 혐
오 표현은 실제 현실을 묘사하는 것을 넘어서서 여성 자체
를 비하하기 위해 과도하게 공격적으로 사용되는 경향이 있
다. 신인류의 풍속도를 묘사하는 것이 아니라 자신의 부정
적 감정을 표출하는 데 이용되는 신조어 중에 대표적인 것
이 바로 맘충, 진지충, 설명충 같은 단어들이다. 이것들은 새

로운 문화 현상을 설명하기보다는 특정인에 대한 자신의 개인적 감정을 표현하기 위해 악용되는 단어다.

게다가 인간을 벌레로 격하시키는 '충蟲'이라는 단어로 조합되는 대부분의 신조어는 사실상 그 단어를 말하는 사람의 인격을 드러낸다. 상대방의 틀린 맞춤법이나 발음을 고쳐주면 '진지충'이라 비난한다든지, 아이를 데리고 카페를 찾는 엄마들을 '맘충'이라 비하하는 것은 이해관계가 부딪힐 때나 자신과 취향이나 습관이 맞지 않을 때 상대방을 괴롭히는 수단으로 쓰이고 있다. 신인류의 풍속도를 요약하기 위한 언어가 아니라 타인을 향한 증오나 혐오를 표현하기 위해 쓰이는 말들이 유행어가 되어버린 현대사회에서 우리는 '나와 다른 타인'을 존중하는 방법, 인간에 대한 기본적인 예의를 잃어가고 있다.

조남주의 소설 『82년생 김지영』에는 평범하게 아이를 키우며 살아가는 젊은 엄마가 그저 공원에서 커피 한잔 마셨다는 이유로 '맘충'이라 비난받는 상황이 그려진다. "옆 벤치의 남자 하나가 김지영 씨를 흘끔 보더니 일행에게 뭔가 말했다. 정확하지는 않지만 간간이 그들의 대화가 들려왔다.

나도 남편이 벌어다 주는 돈으로 커피나 마시면서 돌아다니고 싶다…… 맘충 팔자가 상팔자야…… 한국 여자랑은 결혼 안 하려고……." 그녀는 자신을 맘충이라 비하하는 낯선 남자의 시선에 놀라 뜨거운 커피를 제대로 마시지도 못하고 손등에 쏟으면서 급히 공원을 빠져나온다. 그야말로 '독박육아'에 시달리던 젊은 엄마가 오랜만에 커피 한잔 사 마시러 유모차를 끌고 나섰다가 하루아침에 맘충으로 낙인찍혀 버린 것이다. 타인의 삶에 대한 제대로 된 이해나 배려 없이 그저 손쉽게 타인의 삶을 무턱대고 비난하는 마음. 그것이야말로 '이름 붙이기의 폭력'이 될 수 있다.

정치학자 제러미 월드론은 『혐오표현, 자유는 어떻게 해악이 되는가?』에서 이렇게 타인에게 불쾌감을 주는 '혐오표현hate speech'이 인종차별적인 낙서, 포스터와 소책자 등 어디서나 나타나고 있음을 지적한다. 혐오 표현이 문제적인 이유는 그것이 공공선public good을 명백히 위협하기 때문이다. 자유와 평등, 민주주의와 인권을 위해 오랫동안 쌓아 올린 인류의 역사 자체가 공격적인 혐오 표현으로 인해 송두리째 흔들리기 때문이다. 지하철 노약자석에 앉은 할아버지를 '틀딱충(틀니를 딱딱거린다는 뜻)'이라고 비하하고, 삼촌에게 장난감을 사달라며 조르는 꼬마를 '조카몬(조카+몬스터의 합성어)'이라 부르는 것은 너무도 기상천외한 혐오 표현 아닌가. 욕설과 비속어는 모두가 '나쁘다'는 것을 알지만, 이런 식의 신조어는 '재미있다, 새롭다'는 이유로 무분별하게 사용되는 경우가 많아 더욱 문제적이다. 제러미 윌드론은 혐오 표현이 아주 천천히 몸에 퍼지는 독처럼 우리 사회에 유해하다고 지적한다. 입에서 입으로 전해지면서 더욱 강한 공격성을 띠게 되고, 비속어 등과 서로 뭉치면서 더욱 강한 독성을 지니게 되어, 공공선을 중시하는 선량한 사람조차도 혐오 표현의 맹독에 상처를 입는 일이 비일비재해진다.

혐오는 또 다른 혐오를 낳는다. '맘충'이라는 용어에 담긴 여성 혐오에 대항하여 '애비충'이라는 단어가 생기기도 하고, "전라도 사람이라는 이유만으로 친구들에게 '홍어'라고 놀림을 받았다"며 상처받는 사람도 생긴다. 처음에는 장난처럼 시작한 가벼운 표현들이 이제는 SNS와 인터넷을 통해 엄청난 속도로 퍼져나가면서 커다란 사회적 파장을 일으키고 있는 것이다. 이런 혐오 표현은 어떤 변명으로도 정당화할 수 없는, 타인을 향한 명백한 인권유린이다. '표현의 자유'는 이럴 때 쓰는 것이 아니다. 부정적인 감정이 생길지라도

그것을 '공격적인 언어'로 표현하는 것은 완전히 다른 문제
다. 누구에게나 마음속에서는 이런저런 감정이 생길 수 있
지만, 그 감정을 '언어'로 표현할 때는 그것이 얼마나 큰 파장
을 끼칠지 항상 신중해야 한다. 타인을 향한 막말은 결국 자
신을 향한 부메랑이 되어 또 다른 스트레스와 트라우마로
남게 될 것이다.

　타인을 갖가지 증오 표현으로 공격하고 비판하는 것은 쉽
지만, 누군가를 항상 마음 깊이 존중하고 배려하는 것은 훨
씬 어렵고 섬세한 일이다. 그것은 지성과 감수성을 필요로
하는 일이다. 무엇보다도 순수하고 투명한 마음을 필요로
하는 일이다. 진심 어린 존중과 배려에는 돈이 들지 않지만
그 가치는 어마어마하다. 타인에게 진심으로 존중받고 있다
는 느낌은 자존감을 높이고, 행복감을 키우며, '함께 살아가
는 세상'에 대한 믿음과 공공선에 대한 확신을 가져다준다.
당신에게 친절하게 설명해주는 사람을 설명충이라고 비난
하기 전에 한 번만 생각해보자. 그 사람은 잘난 척하기 위해
서가 아니라 그 사실을 제대로 알려주기 위해 당신에게 자
신의 소중한 시간을 아낌없이 내어주고 있는 것임. 더운
여름날 힘들게 유모차를 끌고 가는 아기 엄마를 맘충이라

비난하기 전에 한 번만 생각해보자. 당신의 어린 시절, 당신을 키우기 위해 밤낮으로 애쓰던 어머니의 정성과 노고를. 한 번만 되돌아보고, 한 번만 더 곱씹어보면, 이 세상에 '충'이라고 불릴 사람은 한 명도 없다. 나와 생각이 다르더라도, 설령 그 사람이 큰 잘못을 저질렀다 하더라도, 누군가를 '충'으로 비하하는 순간, 자신의 지성과 인격을 스스로 갉아먹는 것임을 잊지 말아야 한다.

이제는 '요새 어떤 신조어가 유행하는가'가 아니라, '누가 이런 이름을 굳이 붙여서 부르는가'를 주목해야 할 때다. 누가, 왜, 어떤 의도로 신인류의 명칭을 급조하여 그것을 통해 타인의 삶을 조롱하는지, 누가 어떤 상황에서 혐오 표현을 급조하여 상대방에 대한 낙인찍기를 시도하는지를 정확히 포착해낼 때, 우리는 그 이름 붙이기가 얼마나 현대인의 감성을 황폐화시키는지를 제대로 느낄 수 있지 않을까. 이름은 부르기만 좋아야 하는 것이 아니라 듣기도 좋아야 한다. 부르는 사람의 편의대로 마구 만드는 이름이 아니라 듣는 사람이 기분 좋을 수 있는 이름만이 상호 간의 진정한 대화와 소통을 가능하게 만들 수 있다. 김춘수 시인의 시 「꽃」처럼 "내가 그의 이름을 불러주기 전에는 그는 다만 하나의

몸짓에 지나지 않았"던 존재가, "내가 그의 이름을 불러주었
을 때, 그는 나에게로 와서 꽃이 되"는 것. 그것은 정성스러
운 호명, 존중 어린 이름 부르기 속에서만 가능한 관계의 기
적이다. 우리가 서로에게 아름다운 이름이나 호칭을 불러줄
때만, 우리는 서로에게 아름다운 꽃이 될 수 있으니까. 타인
의 이름이나 호칭을 부른다는 것, 그것은 그 사람과 나 사이
의 아름다운 연결 고리를 만드는 것이 되어야 하니까.

우리는
매일
무언가를
숨기고
있다

처음으로 외국 여행을 떠났을 때, 나는 '너무도 한국적인 내 이름'을 지워버리고 싶었다. 내 여권 커버를 벗기며 영문 이름을 자세히 살펴보던 외국인들은 내 이름을 결코 제대로 발음하지 못했다. 한국 이름들 중에서도 유난히 외국인이 읽기 힘든 내 이름, '정여울'을 서툴게 발음하며 은근히 인종차별적 뉘앙스가 다분한 미소를 지어 보이던 사람들. 그들을 볼 때마다 나는 내 이름에 찍힌 어떤 비밀스러운 낙인을 느꼈다. 한국에서는 그렇게 사랑받던 이름이 외국에 가면 낯설고 기이한 무언가로 바뀌어버렸다. '이안'이나 '재인' 같은 영어 표기가 쉬운 이름으로 바꾸고 싶은 충동도 느꼈다. 이렇듯 '주류'에 속하고 싶어 나 자신의 정체성을 바꾸려는 충동이 바로 '커버링'이다.

　나는 켄지 요시노의『커버링』의 첫 문장에서 명쾌한 카타르시스를 느꼈다. "누구나 커버링을 한다. 커버링이란 주류에 부합하도록 남들이 선호하지 않는 정체성의 표현을 자제하는 것이다." 사람들은 주류에 속하고 싶은 열망 때문에 유행하는 스타일로 옷을 챙겨 입고, '요즘 대세'로 불리는 라이프 스타일로 삶의 습관을 바꾸는 수고를 마다치 않는다. 자신에게 진정으로 어울리는지 그렇지 않은지는 제대로 따져 보지도 않은 채. 심지어 '왕따'당하지 않기 위해, 즉 주류에 편승하기 위해, 양심의 가책을 느끼면서도 무고한 사람을 왕따로 만든다. 자신이 동성애자임을 숨기기 위해 오랫동안 이성애자 커버링을 계속해왔던 저자는 바로 그 주류에 편승하기 위한 커버링이야말로 '진정한 나 자신이 되는 것을 가로막는 장애물'임을 깨닫는다. 그는 더 이상 '이성애자인 척하는 동성애자'로 살아갈 수 없는 자기 자신을 발견하고, 부모님께 자신이 사랑하는 사람이 여자가 아닌 남자임을 밝히고, '유능하면서도 게이임은 굳이 드러내지 않는 법관'이 아니라 '게이임을 어디서든 숨기지 않고 동성애자 인권을 위해 투쟁하는 법관'이 되기로 결심한다. 그는 동성애자 인권을 위해 투쟁하면서 자기 안의 양파 껍질보다 더 많은 커버링을 발견하고, 나는 상당히 진보적인 줄 알았는데 알고 보

니 내 안에도 정상인 척하는 주류의 커버링이 여전히 잔존
하고 있음을 깨닫기도 한다.

커버링은 온갖 분야에 만연해 있다. 자신의 민족적 배경
을 커버링하기 위해 미국식 이름으로 개명한 유명인들은 수
도 없이 많고, 루스벨트 대통령조차 자신이 휠체어를 탄 모
습을 굳이 보이지 않기 위해 회의가 시작되기 전에 미리 휠
체어를 책상 뒤에 숨겨놓았다. 자신의 동성 연인을 공식 석
상에서 보여주지 않는 유명인도 많고, 마거릿 대처 수상은
발성 코치에게 음색을 남성처럼 낮추는 훈련을 받음으로써
자신의 여성성을 커버링했다.

나에게도 커버링이 있었다. 나는 오랫동안 내가 여성이
라는 것을 의식하지 않는 글쓰기를 하려고 노력했다. 이제
야 나는 깨닫는다. 나를 나이지 못하게 가로막는 모든 내 안
의 장벽들이 육중한 커버링이었음을. 나는 내가 여성임을
의식하지 않기 위해 '건조하고 딱딱한 문체'로 글을 써보기
도 하고, 레이스나 리본이 달린 옷을 피하고 '중성적인 느낌'
을 주는 옷을 입어보기도 했지만, 그 어떤 커버링으로도 내
면의 여성성을 감출 수는 없었다. 이제 나는 외국인들이 발

음하기에 쉽고 굳이 한국인스러움을 드러내지 않는, 보다
보편적인 알파벳 이름을 꿈꾸지 않는다. 안 그래도 관리하
기가 힘든 내 수많은 사회적 가면 위에 또 하나의 새로운 커
버링을 얹고 싶지 않다. 요즘도 내 이름이 '필명'이나 '가명'
인지 물어보시는 분들이 있는데, 내 이름은 본명이다. 정, 여,
울. 내 이름은 그 무엇으로도 커버링할 수 없게 너무도 '여울
스럽다'. 그 어떤 알파벳 이름으로도 제대로 바꿀 수 없는 한
글 이름이며 한자 이름조차 없는, 내 아버지가 지어주신 단
하나의 이름. 알파벳으로도 한자로도 바꿀 수 없는 내 이름
을 가만히 되뇌어보며 나는 이제 살아 있는 동안 점점 더 이
미 나에게 덧씌워진 수많은 커버링들을 하나씩 지워가기로,
그 커버링에 얹은 내 마음의 부담까지도 꾸밈없이 받아들이
기로 한다. 내가 점점 더 나다워지기를, 나 아닌 다른 무엇이
되기 위해 나를 커버링하지 않기를, 내가 다만 나임으로써
최고의 자유를 얻기를 꿈꾼다. 나는 나인 채로 당신은 당신
인 채로, 아무것도 바꾸거나 덧칠할 필요 없이, 있는 그대로
존재 그 자체로 반짝반짝 빛날 수 있기를.

적막의
슬픔과
소음의
비애
사이에서

　우리가 날마다 이토록 수많은 언어를 쏟아내는 것은 자신
의 고독과 진정으로 마주하는 일에 대한 두려움 때문일까.
나 또한 강의나 모임이 있을 때마다 스스로도 일일이 기억
할 수 없는 수많은 문장을 쏟아낸 뒤, 집에 돌아오면 절대로
열리지 않는 쇠로 만든 방에 갇힌 듯 적막한 느낌에 사로잡
힌다. 타인에게 아무 말도 하지 않는 날이 차라리 가장 '나다
운 나'와 만나는 시간일 때도 있다. 루쉰은 적막의 슬픔 속에
서 글을 쓰지만 나는 소음의 비애 속에서 글을 쓴다. 아무도
나의 말을 들어주지 않는 것만 같은 철저한 고독보다 더 두
려운 것은 나의 말과 글 또한 소음이 되지는 않을까 하는 의
구심이다. 온갖 광고와 주장으로 난무하는 매스미디어만이
소음의 온상이 아니라, 나 자신이 직접 공들여 쓴 언어조차
시끄러운 소음이 될지 모른다는 공포 속에서 글을 쓴다. 한

문장, 한 문장이 조심스럽고 무거울 때마다 내가 떠올리는 사람은 루쉰이다. 내게 루쉰은 차마 인용하기조차 어쩐지 두려워지는 사람이다. 하지만 힘들 때마다 그의 책 속으로 방문해서 나는 자발적으로 혼쭐이 나곤 한다. 지친 발걸음으로 책갈피를 펼치면 그는 내게 이렇게 속삭이는 것 같다. '외롭더냐. 힘겹더냐. 하지만 너는 아직 멀었구나. 진짜 고통이 무엇인지 알려면.'

내가 아끼는 후배 Y는 몇 해 전 기록학을 공부하러 미국으로 떠났다. 도서관학과 기록학의 차이도 몰랐던 나에게 Y는 친절하게 기록학의 의미를 설명해주었다. 도서관의 책들은 일단 한번 인쇄되면 수백 권 이상의 복사본이 존재하지만, 기록학에서 다루는 문서는 이 세상에 하나뿐인 경우가 많다고. 바로 이런 유일한 기록을 대하는 태도에 따라 훌륭한 정치가와 비겁한 정치가를 구분하는 방법도 알려줬다. 지저분한 야합과 온갖 기상천외한 술수를 숨기고 싶은 정치가는 도처에 문서 세단기 등을 준비해놓고 중요한 미팅이 있을 때마다 해당 문건을 없애버린다고. 어떤 기록이든 그것이 설령 부끄러운 기록이더라도 대중과 역사를 위해 공개할 필요가 있다고 믿는 정치가는 모든 기록을 남김없이 기

록학의 몫으로 돌려준다고. 기록학의 일차적 임무는 폐기해
도 좋을 자료와 반드시 남겨야 하는 자료를 구분하는 감식
안을 기르는 것이라고. 요컨대 백 년 후 천 년 후에도 남겨질
가치가 있는 기록을 가려내는 것이 기록학의 임무라고 나는
이해했다.

　그의 보석 같은 이야기를 들으며 나는 두 가지 상념에 빠
졌다. 우선 내가 쓴 글들 중에 기록할 만한 가치가 있는 것은
몇 개나 될까 하는 생각에 부끄러워졌다. 두 번째로 떠오른
것은 기록의 욕망보다 중요한 것은 기록의 윤리가 아닐까
하는 생각. 나에게 루쉰은 '기록되는 일의 두려움'을 뼛속 깊
이 아는 사람이다. 기록되는 것은 물론 두렵지만, 기록해야
만 한다는 믿음이 자라나기까지의 과정이야말로 우리가 거
쳐야 할 인식의 관문일 것이다. 온갖 폭정과 패륜을 일삼던
연산군마저도 "내가 두려워하는 유일한 것은 역사다"라고
했을 정도이니. 루쉰은 절망을 기록하는 법을 아는 사람이
었다. 그의 글에는 희망의 빛 속에 도둑처럼 스며드는 절망
의 낌새가, 절망의 칼 속에 품은 희망의 향기가 공존한다. 그
가 희망적인 이야기를 할 때는 절망을 예비해야 할 것만 같
고, 그가 절망적인 이야기를 할 때는 그 안에서 반드시 희망

의 틈새를 찾을 수 있을 것만 같았다. 자신의 모든 것을 걸고 절망할 줄 아는 사람은 쉽게 희망에 몸을 내어주지 않으며, 희망에 쉽게 자신을 넘겨주지 않는 사람이야말로 절망적 상황에서도 더욱 굳건히 홀로 설 수 있음을, 나는 그의 글을 통해 느리고 아프게 배웠다.

나는 생각했다. 희망이란 것은 본래 있다고도 할 수 없고, 없다고도 할 수 없다. 그것은 마치 땅 위의 길과 같은 것이다. 사실 땅 위에는 본래 길이 없었다. 걸어가는 사람이 많아지면서 곧 길이 된 것이다.

― 루쉰, 김시준 옮김, 「고향」, 『루쉰 소설 전집』,
  을유문화사, 2008, 113쪽.

쇠로 된 방에서
홀로 깨어 있다면

"가령 말일세, 쇠로 된 방인데 창문도 전혀 없고 절대로 부술

수도 없는 것이라 하세. 안에는 많은 사람들이 깊이 잠들어 있
네. 오래지 않아 모두 숨이 막혀 죽겠지. 그러나 혼수상태에서
죽어가므로 결코 죽음의 비애 같은 걸 느끼지 못할 걸세. 지금
자네가 크게 소리를 지른다면 비교적 정신이 돌아온 몇 사람은
놀라서 깨어날 걸세. 자네는 이 불행한 소수의 사람들에게 구
제될 수 없는 임종의 고통을 받게 하는 것이 미안하지 않다고
여기나?"

"그러나 몇 사람이 깨어 일어난다면, 이 쇠로 된 방을 부술 수
있는 희망이 없다고는 말할 수 없을 걸세."

그렇다. 나는 비록 내 나름의 확신을 가지고 있으나, 희망이
라고 한다면, 그건 지워버릴 수가 없다. 왜냐하면 희망은 장래
에 있는 것이므로 결코 나의 틀림없이 없다는 증명으로, 그의
있을 수 있다고 하는 말을 결코 설복시킬 수는 없기 때문이었
다. 이렇게 하여 나는 그에게 글을 쓰겠다고 응답했다. 이것이
최초의 작품인 「광인일기」이다.

— **루쉰, 「자서」, 앞의 책, 15~16쪽.**

날이 갈수록 우둔해지는 내 뒤통

수에 스스로 죽비를 내리치고 싶을 때마다, 루쉰의 첫 번째 소설집의 서문, 「자서自序」를 읽는다. 아무리 대단한 개혁을 부르짖어도 귀를 단단히 틀어막고 앉아 있는 당시 사람들에게 염증이 나버린 루쉰은, 옛 비석의 비문을 베끼며 고독한 은둔 생활에 심취해 있었다. 『신청년』이라는 잡지를 출판하던 친구가 간절한 마음으로 루쉰에게 원고를 청탁하러 찾아오자, 그는 '쇠로 만든 방'의 비유를 들려주었다. 편안히 아무 고통 없이 죽을 수 있는 민중을 괜스레 깨워 '불려 깨어난 자의 고통'을 겪게 하고 싶지 않다는 의지를 표현하고 싶었을 것이다. 이 글을 처음 읽었던 스물여섯 살의 나는, 평안히 자신에게 닥쳐올 죽음을 모른 채 죽는 것보다는, 결국 죽더라도 살아남을 수 있는 모든 방법을 궁리해보고, 할 수 있는 모든 안간힘을 써보고 죽는 것이 훨씬 낫다고 생각했다. 물론 가장 아름다운 길은 함께 애쓰고, 함께 고민하고, 서로를 믿고 의지하는 상태에서 쇠로 된 그 캄캄한 방을 다 함께 탈출하는 것일 테지만. 탈출할 수 없더라도 모든 안간힘을 써보고, 스스로의 마지막을 투명하게 인식하며 죽어가는 것이 훨씬 나은 죽음이라 생각했던 것이다.

지금도 그 생각에는 변함이 없지만, 닥쳐올 죽음을 모른

채 편안히 죽을 수도 있었던 내가 '누군가에게 이름을 불려 깨어난 자의 고통'을 얼마나 견딜 수 있는가라는 질문 앞에서는 예전보다 더욱 부끄러워진다. 살아가면서 그 고통의 깊이를 점점 더 절실히 느끼고 있기 때문일 것이다. 이 세상의 추악함을 차라리 몰랐다면, 내 안의 부끄러움을 차라리 몰랐다면, 훨씬 편안하게 살아갈 수 있지 않을까 자문해볼 때도 있다. 하지만 그런 달콤한 궁리 속으로 도망치고 싶을 때마다 루쉰 눈치가 보인다. 아직 나는 이 세상에 태어나 반드시 알아야만 할 그 모든 것을 여전히 모르고 있기 때문에, 절망하기엔 너무 이르고 희망을 갖기엔 더더욱 이르다고. 분노가 치밀어 오를 때마다 한 발짝 물러서서 상황에 일희일비하지 않고, 도대체 이 사태로 이익을 보는 자는 누구인가를 생각하고, 페어플레이 운운하면서 갑과 을의 착취 관계를 은폐하는 사람들의 음침한 속내를 읽어내는 법도 모두 루쉰에게서 배웠다.

나는 쓰라린 고독으로부터 도피하기 위해 자꾸만 미디어의 화려한 스펙터클이나 낭만적인 환상 속으로 숨어들곤 했다. 하지만 나의 문제는 '적막' 그 자체를 대면할 용기가 없다는 점이었다. 루쉰은 꿈과 희망으로 가슴 부푼 청년들에게 자신의 참혹한 적막을 전염시키고 싶지 않다고 했다. 하지만 우리에게는 바로 그 가혹한 적막이 필요한 것인지도 모른다. "이런 멋진 걸 해보자!", "저게 바로 대세지!" 하며 우르르 몰려가기에 앞서, 각종 온라인 네트워크의 떠들썩함을 잠시 내려놓고 나 자신의 적막과 대면하는 용기가 필요해진 것은 아닐까. 요즘 나는 아주 가끔이긴 하지만 아무것도 억지로 생산해내려 하지 않고, 어떤 구구절절한 자기 계발의 욕망조차 내려놓고, 아무 의미 부여도 할 수 없는 적막 그 자체와 대면하는 연습을 하고 있다. 이 텅 빈 적막이야말로 절망이나 슬픔보다 훨씬 견디기 어려운 고통임을 깨달아가는 중이다. 고독은 두렵다. 하지만 함께하면서도 공허하기 이를 데 없는 반강제적인 소셜 네트워크보다는 내 안의 두려움과 맞서면서 홀로 있기를 택하는 것이 훨씬 소중한 시간임을 이제는 의심하지 않는다. 말의 향기와 말의 무게, 침묵의 두려움과 침묵의 가치를 아는 당신에게, 루쉰은 최고의 벗이 되어 당신의 고독을 함께 견뎌줄 것이다.

남자다운
남자라는
환상

최근 매력적인 남성을 가리키는 표현으로 상남자(남자 중
의 남자), 완소남(완전 소중한 남자), 츤데레(겉은 무뚝뚝하지만 속은
따뜻한 남자) 등의 단어가 대중매체에서 무분별하게 사용되는
것을 보며 걱정이 앞선다. 완소남이나 꽃미남 같은 표현은
남성의 외모에 대한 은근한 상품화를 전제로 하고 있으며,
상남자 같은 표현은 남자다운 남자에 대한 우리 사회의 편
견을 더욱 강화하는 측면이 있다. 츤데레는 일본식 표현에
서 따온 것이라 더욱 찜찜하다. 나쁜 남자처럼 보이는 남자
가 알고 보니 굉장히 따뜻하고 여린 감수성을 지녔는데 잘
생기기까지 했을 때, 여성들이 그에게 열광한다는 식의 전
형적인 스토리텔링을 함축하고 있는 단어다. 과연 이런 단
어들이 현실의 남성을 제대로 묘사하는 것일까.

이런 생각을 하다 보니 남자다운 남자에 대한 잘못된 편견이 어디서부터 시작되는가 하는 의문이 들었다. 이문열의 1987년 이상문학상 수상작 『우리들의 일그러진 영웅』이 가장 먼저 떠올랐다. 과격하고 공격적이고 소유욕 강하고 자신이 최고로 군림하지 않으면 한시도 참을 수 없는 소년 엄석대. 그는 요샛말로 하면 소시오패스(반사회적 인격 장애자)에 가깝다. 그 어린 소년이 학급의 모든 일을 독단적으로 처리하고, 마치 꼬마 독재자처럼 학급의 분위기를 공포 일변도로 만드는 동안, 학생들은 물론 선생님조차도 아무 힘을 쓰지 못한다. 서울에서 전학 온 주인공 한병태가 유일하게 엄석대에게 강력한 저항을 시도해보지만, 처참한 실패로 끝나고 만다. 하지만 오랜 세월이 지나 한병태가 엄석대를 다시 만났을 때, 그는 수갑이 채워진 채 형사들에게 끌려가고 있었다. 소년들은 물론 어른들도 엄석대의 악행을 바로잡지 못했기에 끝내 그는 감옥에 갇히는 신세가 되고 만 것이다.

『우리들의 일그러진 영웅』에서 엄석대는 비뚤어진 남성성의 화신이다. 그는 선한 행동으로 사람들의 호감을 이끌어내는 것이 아니라 사악한 행동으로 자신을 두려워하게 만듦으로써 권력을 획득한다. 이 작품은 비뚤어진 남성성이

아주 어린 소년 시절로부터 얼마나 체계적으로, 그것도 학
교 교실 안에서 양성될 수 있는지를 충격적으로 증언한다.
그러나 이런 강하지만, 사랑과 배려가 없는 남성은 결코 바
람직한 남성성의 모델이 될 수 없다. 모두가 그를 두려워하
지만 아무도 그를 진심으로 사랑하지 않으니까.

그렇다면 바람직한 남성상은 무엇일까. 적어도 다가오는
시대의 남성상은 나쁜 남자와 강한 남자에 대한 환상을 벗
어난 현실적인 이미지, 좀 더 타인을 향한 공감 능력이 뛰어
난 이들이 됐으면 한다. 목표를 성취하는 것도 중요하지만
목표에 어떻게 도달할 것인가를 더 중하게 여기는 사람들이
미래의 남성이 됐으면 좋겠다. 우리는 군림하고 지배하고
통제하는 남성성에 너무도 지쳤으니까. 그릇된 방식으로라
도 힘을 표현하지 않으면 견디지 못하는 남성들에게 너무도
지쳤으니까. 배려와 존중은 여성성의 전유물이 아니다. 남
의 아픔에 귀 기울일 줄 아는 사람, 타인의 슬픔에 눈물 흘릴
줄 아는 사람, 사람들의 아픈 어깨를 따스하게 보듬어줄 수
있는 공감 능력를 갖춘 사람이 미래의 남성상이 되기를 간
절히 꿈꿔본다.

미투가
불편한
당신에게
띄우는
편지

　　얼마 전 한 남학생이 미투 운동에 잔뜩 뿔이 나서 이렇게 말했습니다. "이제 남자들은 여자와 키스하기 전에 주민등록등본이랑 인감증명 다 떼 와서 내가 어떤 사람인지 증명해야겠네. 무서워서 어디 연애나 마음대로 할 수 있겠나." 순간 어안이 벙벙해지며 제 귀를 의심했습니다. 20대 초반의 젊은이가 이렇게 미투 운동을 심각하게 오해한다면, 과연 미투 운동의 진의가 최소한의 사회적 합의에 이르기까지 얼마나 오랜 투쟁이 필요할까요. 한국 남자의 평균적 상식과 감수성을 통계적으로 도출할 수 있는 프로그램이 있다면, 미투 운동에 대한 집단적 반감은 이보다 더 심할지도 모르겠습니다. 이 글을 읽는 당신도 혹시 미투라는 단어만 들어도 불편한 것은 아닌지 걱정이 앞섭니다. 하지만 오늘은 꼭 말하고 싶습니다. 미투는 남성 혐오로 인한 집단히스테리가 아니며, 자신을 괴롭힌 사람에 대한 뒤늦은 복수도 아닙니다. 미투의 바람을 타고 실려 오는 것은 개인적 분노의 때늦은 표출이 아니라, 진정한 변화를 향한 간절한 소망이며 상식과 양심과 존엄이 짓밟히지 않는 사회를 향한 염원입니다. 미투는 자신의 존엄, 즉 사과받고 이해받으며 존중받을 권리를 깨달은 사람들이 당신의 그 닫힌 심장을 향해 두드리는 간절한 SOS입니다.

저는 미투라고 쓰고 '나도 당했다'라고 읽고 싶지 않습니다. 저는 미투 옆에 이렇게 토를 달고 싶습니다. 당신이 아파서 우리도 아픕니다. 당신이 아프다면 나 또한 자유롭지 못합니다. 우리는 당신의 아픔을 결코 외면할 수 없습니다. 미투 운동을 통해 처음으로 자신을 드러내는 이들의 공통점은 늘 자기보다는 타인의 불편을 배려하며 살아왔다는 점이 아닐까요. 다른 사람이 조금이라도 불편할까 봐, 자신의 고통에 대해서는 철저히 침묵해온 사람들. 그런 이들의 마음 깊은 곳의 슬픔과 두려움을 알아보는 진정한 솔 메이트가 있었다면, 그들은 조금 덜 아팠을 텐데, 조금 덜 외로웠을 텐데. 죽거나 다치거나 제대로 된 삶을 포기해버리지 않았을 텐데. 미투는 사회적 자아와 내면의 자기와의 싸움이기도

합니다. 사회적 자아는 체면을 중시합니다. 타인의 시선을 끊임없이 의식하는 자아지요. 내면의 자기는 누가 뭐라 하든 내 길을 가고 싶어 합니다. 사회적 자아는 세상 풍파에 흔들리면서 남들의 기대에 맞춰 살지만, 내면의 자기는 끝없는 자기 발견과 자기 치유를 원하지요. 사회적 자아만을 중시한다면 결코 미투 운동에 동참할 수가 없습니다. '내 마음 깊은 곳의 목소리'보다 '타인의 시선'을 중시한다면 우리는 결코 미투 운동의 참뜻을 이해할 수 없습니다. 저는 미투 운동이 사회적 자아 안에 깊숙이 감추어진 진정한 내면의 자기를 발견할 수 있는 마음의 거울이 되기를 바랍니다.

미투는 억압당한 자들의 저항을 위한 언어이기에 그 누구도 미투를 악용하지 말았으면 좋겠습니다. 미투의 공감대가 몇 년만 더 일찍 불붙었다면 장자연 씨도 살릴 수 있지 않았을까요. 단역배우 자매들의 안타까운 자살도 막을 수 있지 않았을까요. 조금만 더, 아니 몇 십 년만 더 일찍 미투 운동이 일어났더라면 우리는 얼마나 많은 언니들과 엄마들과 딸들을 살릴 수 있었을까요. 정치인이자 철학자인 에드먼드 버크는 이렇게 말했지요. "악의 승리를 위해 가장 필요한 것은 선한 자가 나서지 않는 것이다." 바로 그것입니다. 눈앞에서 성폭력이 벌어지는데도 선한 자가 나서지 않는 것, 우리 곁에서 딸들과 엄마들이 고통에 신음하고 있는데도 좋은 사람들마저 침묵하고 있는 것. 그것이 미투 운동에 알레르기 반응을 보이는 사람들이 내심 원하는, 선한 자들의 침묵 아닐까요. 미투, 그것은 어떤 경우에라도 조롱당하거나 가볍게 패러디되어서는 안 되는 소중한 단어입니다. 미투, 그것은 형식적인 민주주의가 실현된 듯 보여도 여전히 온갖 차별과 갑을 관계가 판을 치는 우리 사회의 실질적인 민주화를 위해 반드시 호되게 앓고 지나가야 할 통과의례입니다. 미투는 더 이상 예전처럼 참고 또 참으며 살 수 없는 사람들의 당당한 두 번째 인생의 시작을 알리는 눈부신 신호탄이 되어야 합니다. 미투, 그것은 태어나 처음으로 자신의 존엄을 위해 싸우는 사람들에게 가장 절실한 공감의 언어입니다.

때로는
사랑보다
깊은
우정이
있다

　　임신했다는 이유만으로 '위험인물'로 낙인찍혀 연구소에
서 방출당한 일이 있을 정도로 심각한 남녀 차별을 겪은 한
여성 과학자의 생존과 성공을 향한 분투기 『랩걸』. 이 책을
읽으며 나는 그녀의 드라마틱한 삶 못지않게 평생 동료이
자 친구인 빌과의 미묘한 관계가 흥미로웠다. 어떻게 이런
관계가 가능할 수 있을까. 사랑이라고 말하기엔 분명한 거
리감이 느껴지고, 우정이라고 말하기엔 너무 가깝다. 연인
도 친구도 동료도, 세상 그 어떤 관계를 나타내는 명사도 이
들의 독특한 관계를 설명할 수가 없다. 미친 듯이 부러웠다.
여자와 남자 사이에 이런 기적 같은 연대감이 싹틀 수 있다
는 것, 서로의 결점을 완벽히 커버할 수 있는 파트너십이 가
능하다니. 서로가 모든 어려움을 다 이야기할 수 있고, 어떤
어려움도 함께 이겨나가지만, 어떤 성적 긴장감도 부담감도

느껴지지 않는 해맑고 투명한 관계가 가능할 수 있다니.

　가족도 동료도 연인도 아닌 그 무엇으로도 규정할 수 없는 관계를 평생 지속해온 이 두 사람은 교수와 조수라는 고용 관계를 뛰어넘어 '서로를 완벽하게 이해하는 관계'가 실제로 이 현실 세계에서도 가능함을 눈부시게 증언한다. 이것은 전적으로 서로의 삶에 대한 깊은 경의와 존중 때문이다. 매일 얼굴을 마주 보며 서로의 모든 콤플렉스와 트라우마는 물론 온갖 부끄러운 모습까지 속속들이 알면서도, 두 사람은 서로를 최고의 파트너로서 소중한 친구로서 뛰어난 과학자로서 그리고 무엇보다도 한 사람의 훌륭한 인간으로서 인정해준다. 둘은 사회적 시선으로 본다면 도대체 가족인지 동료인지 무엇인지 판가름할 수 없는 알쏭달쏭한 관계 같지만, 서로의 애정 생활에 관여하지 않고 각자가 느끼는 행복과 불행의 영역을 있는 그대로 존중해준다. 빌은 자신의 남성성을 어필하거나 마초적 본성을 드러내지 않고, 호프는 여자이기 때문에 더 보호받거나 배려받고자 하는 제스처를 전혀 취하지 않는다. 두 사람 모두 전형적인 남성성과 여성성을 벗어나 있다는 것, 그것이 이들의 오랜 인연을 가능케 한 원동력이었다.

    호프가 26세에 교수가 되어 온갖 성차별의 편견을 뛰어넘어 훌륭한 과학자가 되었다는 사실도 물론 감동적이지만, 나는 과학자가 이토록 문학적 감수성이 뛰어난 글쓰기를 할 수 있다는 것과 그녀가 이룬 업적만큼이나 아름다운 빌과의 우정이 더욱 감동적이었다. 함께하는 20년의 시간 동안 그들은 학위를 세 개나 따고, 직장을 여섯 번 옮기고, 16개국을 여행하고, 중고차를 여덟 번이나 바꾸고, 약 6만 5천 개에 달하는 탄소 안정적 동위원소를 측정해냈다. 호프의 남편조차도 그녀와 빌의 관계에 대해 전혀 의심하거나 제동을 걸지 않는다. 바로 그렇게 서로 사랑하면서도 '서로의 거리감'을 존중해주는 태도야말로 상대를 구속하지 않음으로써 더 깊이 서로의 인생에 참여하는 길이 아닐까. 남녀 사이의 진정한 우정이 불가능하다고 믿는 사람들, 남녀 사이에는 필연적으로 성적 긴장감이 존재할 수밖에 없다고 믿는 사람들에게 이 책을 권해주고 싶다. 때로는 사랑보다 깊은 우정도 가능하다. 누군가는 사랑과 우정은 물론 그 모든 이해관계를 뛰어넘어 서로를 완전히 존중하고 이해하며 배려하는 그런 꿈같은 인간관계를 바로 이 세상에서 실현하고 있다.

가족이라는
역할 중독을
넘어

듬직한 맏형, 살림 밑천이 되는 맏딸. 가족 안에서 주어진 '역할'은 때때로 너무 무거운 등짐이 되어 나라는 '존재'를 고 꾸라지게 한다. 만약 지금의 가족이 아닌 다른 가족에서 태 어났다면 어땠을까. 부모님도 형제자매도 모두 다른 사람이 라면 내 인생은 어떻게 바뀌었을까. 이런 상상을 가장 많이 하는 시기는 아마 사춘기일 것이다. 사춘기는 바로 우리 부 모가 최고로 멋지고 대단하다고 믿었던 '이상화'가 깨어지 는 시기이기 때문이다. 점점 세상과의 접촉면을 넓혀가면서 세상에는 우리 부모보다 훨씬 멋진(?) 사람이 많다는 것을 알게 되고, 부모의 절대 권위를 의심하기 시작하는 것이다. 평범한 부모가 아닌 보다 특별하고 대단한 부모를 향한 낭 만적 상상이 싹트고, 이렇게 생각하기 시작한다. 나는 업둥 이일 거야, 나는 사생아일 거야, 나의 진짜 부모는 피치 못할 사정이 있어 나를 버린 거겠지, 언젠간 날 분명히 찾아오실 거야. 이런 '상상의 나래'를 일컬어 마르트 로베르는 '업둥이 콤플렉스', 그리고 '사생아 콤플렉스'라고 불렀다.

『기원의 소설, 소설의 기원』에서 마르트 로베르는 이렇게 '부모의 이상화'가 깨지는 순간, 가족 소설이 탄생한다고 말한다. 즉 가족 소설은 자신의 가족을 계속 미화하고 찬양하기 위해 어린아이가 날조하는 나르시시즘적 전기라는 것이다. 업둥이 혹은 사생아 콤플렉스는 단지 독특한 괴짜들의 쓸모없는 상상력이 아니라 인간의 성장 과정에서 필연적으로 거쳐야 할 통과의례라고 한다. 때로는 불만스럽고 때로는 숨기고 싶은 내 가족을 진정으로 받아들일 수 있는 내면의 성장 과정의 일부이기 때문이다.

가족이 나를
좀먹고 있다

이러한 가족 소설의 중심에는 끊임없이 '다른 삶의 가능성'을 꿈꾸는 몽상가들이 있다. 몽상

가는 지금 여기에 만족하지 못하고 끊임없이 '여기가 아닌
다른 곳'을 꿈꾼다. 여기에 가족을 사랑하지만 증오하고, 지
금 이곳을 떠나는 것이 유일한 희망인 한 소년이 있다. 바로
조니 뎁이 동명의 소설을 영화화한 작품에서 주연을 맡았던
'길버트 그레이프'다. 길버트에게는 지적장애를 앓고 있는
동생 어니(리어나도 디캐프리오), 집 밖으로 한 발짝도 나가지
않는 거구의 어머니, 결혼도 포기한 채 가족을 돌보는 누나,
이제 막 사춘기에 접어든 철부지 여동생이 있다. 그리고 집
안에서 목을 매어 자살한 아버지가 있다. 길버트는 그 끔찍
한 트라우마에 시달리는 가족을 돌보느라 매일의 삶이 판박
이로 지겹다. 식료품 점원 일을 하며 가족을 부양하지만, 그
의 가장 큰 임무는 동생 어니를 돌보는 것이다. 밖에서는 돈
버느라, 집에서는 쉴 새 없이 사고를 치는 어니를 돌보느라,
길버트는 '꿈꿀 시간'조차 없다.

  병원에서는 어니가 열 살까지만 살아도 운이 좋은 거라고 했
었다. 열 번째 생일이 지나가고 나서도 '언제 죽을지 모른다'고
했다. 그래서 밤마다 누이들과 나는, 그리고 엄마도, 내일 아침
에 어니가 다시 깨어날 수 있을지 걱정하며 잠자리에 든다. 어

니가 살기를 바라는 날도 있고, 그렇지 않은 날도 있다. 지금 같
아서는 달려오는 자동차 앞으로 녀석을 밀어버리고 싶은 심정
이다.

— 피터 헤지스, 강수정 옮김,『길버트 그레이프』,
　막내집게, 2008, 8쪽.

　하루가 멀다고 사고를 치는 어니, 자신이 없으면 하루도
살지 못할 것만 같은 가족을 보살피느라 길버트에게는 자
기만의 시간이 없다. 그는 늘 가족과 뒤섞여 살면서도 고독
하다. 누군가를 항상 등에 짊어지고 있지만, 누군가 내 곁에
있다는 안도감은 느껴본 적이 없다. 아버지가 자살한 후, 어
머니는 우울증과 폭식증으로 거구가 되어 거동이 불편하다.
17년 전 아버지가 세상을 뜬 날부터 폭식하기 시작한 후, 이
제는 아무도 정확한 몸무게를 알지 못하는 지경에 이르렀
다. 마지막으로 집 밖을 출입한 건 3년 전의 일이다. 엄마의
몸 상태를 걱정하는 기색을 보이면, 그녀는 질색하며 반항
한다. "이봐! 나 안 죽었어! 살아 있다고! 우리가 아는 누구처
럼 몰래 도망치지 않았단 말이야!" 그렇게 몰래 도망친 사람

은 바로 아빠다. 그녀는 남편을 잃은 충격에서 벗어나지 못하고 있다. "나 안 죽었어! 살아 있다고!" 외치지만, 폭식으로 자신을 학대하며 서서히 느린 자살을 꿈꾸는 것만 같다. 누나 에이미와 여동생 엘렌도 간신히 제 앞가림을 하느라 바쁘다. 길버트는 이들 사이에서 늘 혼자다.

집안의 남자이자 그레이프로서 난 많은 걸 참고 살았다. 누나, 여동생, 엄마, 이 마을. 뭐든 참아낼 것이다. 하지만 한 가지만큼은 그냥 넘어갈 수 없다. 아무도 어니는 못 건드린다. 어니를 위해서라면 사람이라도 죽일 수 있다.

— **피터 헤지스, 앞의 책, 108쪽.**

어니의 몸집이 커질수록 길버트는 불안해진다. 이대로 가다간 사고뭉치 어니를 업어 나르기도 힘들어질 것이다. 길버트는 시도 때도 없이 어니를 아기처럼 둘러업고 사태를 뒷수습해야 한다. "너 자꾸 자라고 있다고. 형이 안아주기가 점점 힘들어. 게다가 힘도 세졌어." 그러자 어니는 지지 않고 맞받아친다. "형이 점점 작아지는 거야. 오그라들어." 이 말은 마치 주문처럼 길버트의 영혼을 친친 감는다. 가족은 점점 나이 들고, 자라고, 커져만 가는데, 그럴수록 길버트는 점점 작아지고, 움츠러들고, 주눅 든다. 목을 매달고 자살한 아버지의 환영이 여전히 가족을 괴롭힌다. 사라진 아버지의 대역이 되긴 싫다. 그러나 아버지를 극복하는 법을 모른다. 그것이 길버트의 고통이자 인생의 화두였다. 어떻게 죽은 아버지가 남긴 트라우마를 극복할 것인가. 어떻게 남겨진 가족의 삶을 책임질 것인가. 그런데 정작 그 문제에 빠져 있는 동안 길버트는 '자기 인생'을 돌볼 여력이 없었다. 내 인생, 나, 미래. 과연 그런 것이 있기는 한 걸까. 이렇게 '오늘'만 사느라 '내일'을 꿈꿀 수 없었던 길버트에게 그녀가 나타난다. 오늘을 내일처럼 사는 여자, 과거에 얽매이지도 미래에 대한 두려움에도 시달리지 않는 여자, 캠핑카 유목민 소녀 베키(줄리엣 루이스).

도망치고 싶다
보는 사람만 없다면

베키는 신기한 소녀다. 그 나이 또
래 소녀들의 일반적인 관심사에는 전혀 마음을 두지 않는
다. 아름답게 꾸미고 남자 친구를 사귀고 미래에 대한 희망
에 들뜬 소녀들의 지극히 정상적인 모습을 베키에게서는 찾
아볼 수 없다. 그녀는 할머니와 함께 캠핑카로 유랑하며 어
느 곳에도 미련을 두지 않는다. 길버트는 당황스럽다. 단 한
번도 이곳 엔도라를 떠나본 적이 없는 그의 눈에 비친 베키
는 부럽지만 이해하기 힘든 존재다. 그녀에게 사랑을 느끼
면서도 애써 부정하는 길버트에게는 가족 말고도 또 다른
고민거리가 있다. 바로 카버 부인이다. 삶에 대한 총체적 불
만족에 시달리는 카버 부인은 아직 나이 어린 길버트를 노
골적으로 유혹하여 성적 파트너로 만들어버렸다. 길버트는
할 수만 있다면 카버 부인과의 '일'을 지워버리고 싶다. 베키
를 사랑할 수도 사랑하지 않을 수도 없는 길버트. 그런 그의
상황을 아랑곳하지 않은 채 베키는 조금씩 길버트의 마음
속으로 스며들어온다. 그는 아무에게도 털어놓을 수 없었던
고민을 베키 앞에서는 저절로 털어놓게 된다.

길버트는 무엇보다도 가족이라는 거대한 짐을 짊어진 자
신이 진정한 사랑에 빠질 수 있을 것 같지가 않다. 그런데 그

런 판단에 미세한 균열을 일으키는 사건들이 일어나기 시작
한다. 하루는 어니가 사고를 쳐서 유치장에 갇혀버린다. 경
찰이 어니를 '구제 불능의 저능아'로 취급하자 길버트는 심
한 상처를 받는다. 어머니에게 이 사실을 말하자 어머니는
뜻밖에도 직접 경찰서로 가겠다고 선언한다. 식구들은 믿을
수가 없었다. 벌써 몇 년 동안 한 번도 외출하지 않는 그녀를
향해, 동네 사람들은 별별 흉흉한 소문을 만들어내고 있었
던 것이다. 사람들은 그녀를 '네스호의 괴물'로 취급했고, 몰
래 길버트네 집 근처로 와서 그녀를 엿보고 놀려먹는 아이
들까지 있었다. 무엇보다도 엄마는 식구 외에는 아무도 만
나려 하지 않았다. 그랬던 엄마가 어니를 위해 경찰서에 가
겠다고 선언한 것이다. 알고 보니 어니를 유치장에 집어넣
은 보안관 제리는 젊은 시절 엄마에게 청혼한 적이 있었다.
사실 엔도라 근방의 수많은 남자가 젊은 시절 길버트의 엄
마에게 프러포즈했다. 사람들은 그녀가 그토록 아름다웠기
에, 더더욱 그녀의 급격한 변화를 '가십거리'로 삼았던 것이
다. 온 동네 주민이 길버트의 엄마 보니를 '구경'하러 나왔다.
하지만 그녀의 당당한 모습은 모든 사람을 압도했다. "내 아
들. 내 아들을 내놔요."

그녀는 규칙을 무시하고 오직 '내 아들'을 내놓을 것만을 경찰에게 부탁했다. 아니, 명령했다. 그녀의 위엄 넘치는 모습은 구경꾼들을 압도해버리고 만다. 보니는 자신은 아직 살아 있음을, 누구도 어니를 함부로 대할 수 없음을 모두에게 증명해보인 것이다. 엄마를 조롱하던 이들은 어떤 장엄함을 느끼고, 군중 사이에는 모종의 숙연함마저 감돈다. 길버트는 거의 혼자의 힘으로 가족을 떠받쳐야 하는 줄로만 알았다. 그러나 기어이 어니를 유치장에서 빼내 온 엄마를 보면서, 그의 눈가는 촉촉해진다. 나 혼자만이 아니었구나, 우리 가족을 지키려고 하는 사람은 나만이 아니었구나. 아버지가 자살했다는 이유로 교회 사람들은 우리 가족을 추방했고, 어머니가 거구가 되었다는 이유로 그녀를 놀림감으로 만들었지만, 아직 우리에겐 살아남은 '서로'가 있다. 그 모든 고통의 시간을 이겨내고 살아남았다는 이유만으로, 우리는 떳떳하다. 우리는 더 나은 삶을 꿈꿀 권리가 있다.

따로 또 같이 사랑하되
거리를 두는 용기

삶이 고통스러울 때는 '역할'에 매
몰되어 '존재'를 망각하기 쉽다. 어떤 사람을 그의 사회적 지
위나 역할의 시점으로만 바라보면, 그가 개인적으로 얼마나
힘든지, 어떤 고통을 겪고 있는지 알기 어렵다. 길버트를 바
라보는 사람들의 시선도 그렇다. 그들은 길버트가 '그레이
프 일가'의 '가장'이기를 바라고, 무슨 일이든 친절하게 처리
해주는 성실한 마트 직원이길 바란다. 그래서 길버트의 마
음속에 어떤 꿈이 숨어 있는지, 그가 누구를 사랑하는지 등
은 잘 생각하지 못한다. 길버트 스스로도 자신의 역할에 중
독되어 자신의 존재를 망각하고 있었다. 그렇게 숨겨져 있
던 길버트의 존재를 일깨운 사람이 바로 베키다. 베키는 길
버트의 의무가 아니라 길버트의 감정을, 길버트의 욕망을,
길버트의 꿈을 투시하는 혜안을 지녔다.

베키는 심각한 대인 기피증에 시달리는 길버트 어머니의
마음까지 활짝 열어준다. 이 영화의 명장면 중 하나. 갑자기
나타난 길버트의 여자 친구 베키의 출현에 당황한 엄마가
소심한 표정으로 이렇게 말한다. "내가 원래부터 이런 건 아
니었단다." 베키의 날씬한 모습이 엄마를 더 주눅 들게 했던
것이다. 그러자 베키가 싱긋 웃으며 맞받아친다. "저도 원래

부터 이런 건 아니었답니다." 우린 전혀 다르게 보이지만, 첫
눈에 '우린 닮은 점이 많다'는 것을 알아보는 두 사람. 관객은
긴장을 풀고 그들과 함께 웃게 된다. 베키는 싱그러운 봄비
처럼 길버트네 가족의 메마른 가슴을 촉촉하게 적셔준다.

 역할에 매몰되어 존재를 망각하는 것. 그것은 길버트뿐
아니라 모든 가족에 해당된다. 엄마는 남편의 자살로 인한
트라우마를 극복하지 못한 연약한 여자였으며, 누나는 가족
걱정으로 결혼하지 못한 처지였고, 이제 막 사춘기에 접어
든 엘렌은 한창 멋 부리고 싶고 연애하고 싶은 꿈 많은 소녀
지만 쉽지 않다. 그들은 어니를 돌보느라 엄마를 보살피느
라 아버지를 원망하느라 저마다 타인의 존재에 구속되어 스
스로의 삶을 돌보지 못한다. 캠핑카 하나 달랑 몰고 할머니
와 유랑하는 베키는 특별한 수입도 없고 대단한 미래도 기
대하지 않지만 언제나 행복해 보인다. 영원히 붙박여 결코
떠날 수 없는 '집'에 갇힌 길버트네, 반면에 이 세상 모든 곳
을 언제든지 집처럼 편안하게 여기는 베키네. 길버트는 베
키의 자유롭고 탐욕 없는 삶을 엿보며 자신이 잃어버린 삶
의 가능성을 깨닫는다. 어쩌면, 나도 자유로울 수 있지 않을
까. 어쩌면, 나도 새로운 꿈을 꾸어도 되지 않을까.

　길버트와 베키의 관계가 깊어지는 동안 어머니의 병세는 악화되고 있었다. 그토록 염원하던 어니의 열여덟 살 생일 잔치를 마친 후, 그녀는 마치 '이제 내 할 일은 다 끝났다'는 듯이 편안히 잠들고 만다. 식구들은 어머니의 죽음을 슬퍼할 겨를도 없이, 장례식을 치르기 위해 그녀를 어떻게 옮길까를 걱정할 처지에 놓인다. 크레인을 불러야 하나, 헬리콥터를 불러야 할지도 모른다. 그렇게 되면 온 동네 사람들이 우리 엄마의 시체를 구경하려고 모여들 텐데, 그녀를 평가하고 조롱하고 무시할 텐데. 견딜 수 없다. 엄마를 그런 자리에 놓아둘 수 없다. 우리가 모든 걸 잃더라도 엄마의 마지막 길을 그렇게 내버려 두어서는 안 된다. 길버트는 절규한다.

　엄마는 놀림감이 아냐. 사람들은 엄마를 보고 웃고, 엄마를 찔러대고, 이러니저러니 평가를 할 거야! 그렇게 하게 놔둘 순 없어! (…) 엄마는 그것보다 나은 대접을 받을 자격이 있어. 자격이 있다고…… (…) 우리 엄마는 아름다워. 아무도 엄말 보고 웃으면 안 돼…… 아무도!

　— 피터 헤지스, 앞의 책, 447~448쪽.

식구들은 길버트의 말이 무슨 말인지 단번에 알아듣는다. 이제 이 집을 버릴 때가 온 것이다. 우리가 가진 '재산'은 이 낡아빠진 집 한 채뿐이지만, 어머니와 이 집을 함께 보내야 한다는 것을. 길버트는 쓸 만한 모든 세간을 집 밖으로 치우며 말한다. "누나, 우리한테 물건이 이렇게 많다는 거 알았어?" "아니, 그런데 정말 많다." 이 대화는 중의적으로 읽힌다. 우린 너무도 가난한 줄 알았는데 알고 보니 이렇게 많은 것을 소유하고 있었구나. 이렇게 많은 짐 때문에 그토록 무거웠구나. 떠나지 못하고 있었구나. 이젠 떠날 때가 되었구나. 돌아가신 어머니와 함께 아름답게 불타오르는 집을 바라보며 남은 이들은 더할 수 없는 슬픔을 느끼지만, 새로운 삶을 시작할 용기도 함께 얻는다. 엄마를 놓아드렸듯이, 우리의 과거도 놓아주어야 한다. 이 집을 태워버렸듯이, 우리의 상처도 태워버려야 한다.

소설에는 나오지 않지만, 영화에서는 집이 불타버린 이후의 아름다운 이야기가 시작된다. 누나와 엘렌은 자신들의 갈 길을 찾아 떠나고, 어니와 길버트는 베키와 함께 떠나는 것이다. 그들은 '새로운 가족'처럼 보이기도 하고, '가족을 넘어선 가족'처럼 보이기도 한다. 그들은 그렇게 길을 나

선다. 한 번도 벗어난 적 없는 이 지긋지긋한 엔도라를 떠나서. 소설에는 이런 구절이 나온다. 엔도라에서 사는 것은 '음악 없이 춤을 추는 것'과 같았다고. 그러나 이제 길버트와 어니, 그리고 우리는 깨닫기 시작했다. 음악 없이도 얼마든지 아름다운 춤을 출 수 있다고. 우리 가슴속에서 끊임없이 들려오는 새로운 삶에 대한 기대와 설렘, 어떤 참혹한 상실 위에서도 그 폐허를 딛고 다시 시작할 수 있다는 희망. 그것이야말로 어떤 춤에도 기꺼이 어울리는 아름다운 음악이라고. 우리가 쓸 수 있는 가장 아름다운 가족 소설은 지금보다 더 나은 부모님을 만나 신분 상승을 하는 해피엔딩이 아니라, 부모님이 안 계시더라도 영원히 만날 수 없을지라도 살아남은 우리가 바로 지금 여기서 새롭게 시작하는 삶의 여행이라고.

가끔은
존댓말이
필요한
시간

가끔 '지나친 존댓말이 우리 사회의 민주적 소통을 가로
막는 것이 아닐까'라는 의문을 던질 때가 있다. 할아버지에
게도 마이크, 다니엘이라는 식으로 이름을 부르는 서양 사
람들이 부러울 때도 있다. 적어도 '과연 윗사람에게 어떤 존
칭을 써야 할까', '한 살 차이밖에 안 나는데 꼭 존칭을 써야
할까', '난 재수를 했는데 한 살 일찍 학교 들어온 사람은 나
보다 어린데, 내가 그를 꼭 선배로 대접해야 할까' 같은 복잡
한 문제에 시달리지 않아도 되니까. 지나친 존댓말은 확실
히 권위주의적인 측면이 있다. 사장이든 과장이든 대리든
상관없이 '영어 별명'을 지어 부르는 수평적 기업 문화를 시
도하는 기업들의 노력은 매우 의미 있다. 사장님을 '톰'이라
고 정말 편하게 부를 수 있는 회사라면, 윗사람과 다른 생각
을 하는 것이 지금처럼 큰 고통은 아닐 테니까. '나는 사장님

과 다르게 생각합니다'보다는 '나는 톰과 다르게 생각합니다'라고 말하는 것이 훨씬 쉬울 테니 말이다.

　나의 아버지는 딸들에게 "언제든지 반말로, 하고 싶은 이야기를 마음껏 해도 좋다"라고 가르치셨다. 본인이 부모님과 소통하기가 너무 어려워 지독히 외로운 어린 시절을 보냈기 때문에, '내가 아빠가 되면 꼭 아이들에게 얼마든지 반말로, 하고 싶은 말을 다 할 수 있도록 해줘야지'라고 생각하셨다고 한다. 아무리 힘들고 어려워도 부모님께 내 마음이 어떤지 이야기할 수 없었던 아버지의 한 맺힌 외로움 덕분에, 우리 세 딸들은 엄마 아빠와 그야말로 친구처럼 있는 말 없는 말 다 할 수 있게 되었다. 대신 윗사람이나 상사에게 지나치게 예의를 차려야 하는 공간에 가면 마치 물 밖으로 쫓겨난 바다 생물처럼 갑갑함을 느끼게 되었다. 반말로 이야기하면 별의별 자유롭고 창조적인 아이디어가 용솟음치는데, 존댓말로 이야기하면 그 온갖 존칭의 어미와 접두사 등에 신경을 쓰느라 내 생각의 반죽 하나하나를 네모난 벽돌을 만드는 틀에 집어넣어 모든 울퉁불퉁한 생각들이 이리 싹둑 저리 싹둑 잘려나가는 것만 같았다.

그런데 시간이 지나고 보니 '존댓말이 꼭 필요한 시간'이 있음을 깨닫게 되었다. '친밀감'도 필요하지만 '거리감' 또한 때로는 인간관계의 평화를 잃지 않게 하는 필수 요소임을 이해하기 시작한 순간부터이다. 존댓말이 아예 없었다면 반말의 세계 속에서도 사람들 사이의 거리감을 조절하는 방법을 배웠겠지만, 존댓말이 엄연히 살아 있는 세계 속에서 존댓말은 '너무 가까워짐으로써 또한 너무 쉽게 상처를 주고받을 수 있는 위험'을 줄여주는 완충제 역할을 담당하기도 한다는 것을 깨달았다. 그 사람이 싫어서가 아니라 '인간적 공감과 따스한 연대감'을 간직한 채로도 거리를 둘 수 있음을 알고 난 뒤부터, 나는 존댓말만이 줄 수 있는 '다정한 예의 바름'을 이해하게 되었다.

아무리 오래 만나도 결코 반말을 할 수 없는 관계만이 주는 기묘한 편안함도 있다. 심한 농담을 할 수도 없고 밤늦게 전화를 걸 수도 없지만, 기필코 존댓말을 하는 사이에서는 항상 상대방을 향한 '존중'과 '배려'를 염두에 두게 된다. 반말만이 품을 수 있는 곰살궂음과 친밀감도 좋지만, 존댓말만이 품을 수 있는 본질적인 거리감과 사려 깊음도 좋아졌다. 얼마 전에 오랫동안 나를 알아왔던 한 출판 편집자로부

터 바로 그 '존댓말이 품은 사려 깊은 따스함'을 느꼈다. 그
는 나에게 이렇게 말했다. "여울 씨가 언젠가부터 마음의 큰
짐을 덜어낸 것 같아요. 여울 씨의 글을 보고 느꼈어요. 이제
훨훨 날아다녀도 되겠어요." 나는 그 순간 심장을 관통당한
듯 가슴이 얼얼했다. 아주 친밀한 관계가 아님에도 불구하
고 그는 내 글의 행간에 담긴 내 삶의 함축된 의미를 읽어냈
다. 오직 글을 통해 마음을 전달할 수밖에 없는 '작가'와 '편
집자'의 관계인 줄로만 알았는데, 그는 아주 멀리서도 나를
조용히 따스한 시선으로 지켜보고 있었던 것이다. 그에 비
해 나는 그의 삶에 대해 별로 아는 것이 없다는 사실을 깨닫
고 미안해져버렸다. 그는 나를 아주 멀리서도 지켜봐주었는
데, 나는 그에게 한 번도 사무적인 관계 이상을 기대하지 못
했던 것이다. 그날 마음속 이런저런 이야기를 나누다가 그
의 첫사랑 이야기가 나왔고, 나는 그의 애틋하고 안타까운
옛이야기를 들으며 '이제야 우리가 친해지고 있구나' 하는
생각에 뿌듯해졌다.

　항상 존댓말을 하지만 못내 아쉬운 사람이 있는가. 그렇
다면 그가 바로 당신의 '잠재적 베스트 프렌드'임을 기억해
보자. 나를 속속들이 다 알진 못하더라도 나를 아주 멀리서

조용히 지켜봐주는 사람이 있다는 것만으로도, 우리는 아픔의 시간을 버텨낼 수 있다. 당신에게 아주 '따스한 존댓말'을 아끼지 않으면서도 선뜻 다가서기 힘들어하는 사람. 바로 그 한 사람이 당신의 눈부신 멘토임을 잊지 말자.

권태기를
극복하는
마음 챙김의
기술

인문학 강연에 나가면 가끔 당황스러운 질문을 받는다.
문학과 예술에 대한 질문을 뛰어넘는 일상과 생활에 대한
고민들, 너무 개인적이고 사적인 문제라 미주알고주알 세
세하게 조언해주기 어려운 부분에 대한 질문들이다. 그중에
서도 최근에 가장 마음이 아팠던 질문은 이것이었다. "작가
님, 저는 요새 인생이 너무 권태로워요. 예전에는 재미있었
던 것들을 아무리 시도해봐도 도무지 재미가 없습니다. 모
든 것이 빤해 보이고, 모든 관계가 권태로워졌습니다. 이제
무슨 낙으로 살아가야 할까요." 사람마다 이유가 다르겠지
만 권태의 가장 치명적인 원인 중 하나는 '내 삶을 내가 제대
로 꾸려가지 못한다'는 무력감이다. 삶의 기쁨이 내 안에서
용솟음치는 것이 아니라, 삶의 기쁨을 반드시 외부에서 찾
아내야만 한다는 강박감이 우리를 권태롭게 한다. 내가 하

는 일에서 오는 권태로움, 매일 똑같은 일상에서 오는 권태로움도 무섭지만, 인간을 가장 슬프게 하는 것은 바로 '관계의 권태기'다. 한때는 뜨겁게 사랑했던 관계가 이제는 매너리즘에 빠져버리는 것. 한때는 세상에서 가장 소중했던 존재가 이제는 가장 재미없고 식상한 존재가 되어버리는 것. 이런 관계의 권태기야말로 우리에게 찾아오는 가장 두려운 삶의 위기다.

무엇이 나를
지치게 만들었을까

'번아웃 증후군'이 유행처럼 번져가는 현대사회에서 말 그대로 내 안의 에너지가 다 타버려 더 이상 어떤 힘도 남아 있지 않은 듯한 느낌. 바로 그 지치고 힘겨운 마음의 상태가 인간관계에도 투영되는 상태가 바로 권태다. 즉 관계의 권태가 있기 전에 우선 내 마음의 권태, 내 일상의 권태가 먼저 시작되었을 가능성이 크다. 그 사람이 특별히 나에게 나쁘게 대해서가 아니라, 아무 변화 없는 관계가 전에는 안정적이고 평화롭게 느껴지다가 이제

는 지루하고 재미없다면, 그것은 그 사람의 탓이라기보다는
'관계를 바라보는 내 마음의 변화' 때문일 수 있다. 그 사람은
변한 게 없는데 내 마음이 변한 것이다. 사랑하는 사람끼리
의 관계뿐 아니라 직장 동료, 친구, 가족과의 관계 모두 이런
권태기의 위험에 빠질 수 있다. 뭔가 새로운 자극을 만들어
내는 데 실패하는 관계, 서로에게 창조적 영감을 줄 수 있는
가능성을 잃어버린 관계는 권태기를 향해 치달을 수밖에 없
다. 내 지친 마음, '번아웃'이라는 단어가 저절로 떠오를 정도
로 힘겨운 마음 상태가 '똑같은 관계'를 '변함없는 신뢰의 관
계'가 아닌 '무기력하고 무미건조한 관계'로 바라보게 만드
는 것이다. 그렇다면 우리는 자신에게 물어야 한다. 무엇이
나를 이토록 지치고 힘들게 만들었을까. 무엇이 사랑과 우
정, 신뢰와 기대마저도 권태와 우울, 무기력과 무관심으로
바꾸어버린 것일까. 이것을 스스로 질문하다 보면 자신의
감정을 차분히 성찰해볼 마음의 빈 공간을 마련할 수 있다.
나는 권태가 나쁜 감정만은 아니라고 생각한다. 권태를 통
해 우리는 '나를 진짜로 즐겁게 하는 것'이 무엇인지를 생각
해볼 수 있고, 때로는 권태로운 시간을 있는 그대로 즐길 줄
도 아는 마음의 여백을 마련해둘 수 있기 때문이다.

고전학자 피터 투이는 『권태』라는 책에서 '권태'가 매우 자연스럽고 인간적인 감정임을 지적한다.

아이들은 아무런 부끄럼 없이 권태, 그러니까 지루함이나 따분함에 대해 불평한다. 반면 성인들은 권태에서 결코 자유롭지 못하면서도, 권태를 부정하기에 여념이 없다. 한마디로, 너무 어른이 되어버린 것이다. 성인들은 권태에 빠지지 않도록 스스로를 다그쳐야 한다고 생각한다. 아마 그 때문에 권태를 내색하는 일이 덜한지도 모른다. 아마 많은 사람들이 자기는 권태와는 거리가 멀다고 자랑스럽게 말할 것이다. 그러나 그 말은 대부분 거짓말이다.

― 피터 투이, 이은경 옮김, 『권태』, 미다스북스, 2011, 21쪽.

아이들은 '심심하다, 지루하다, 따분하다'라는 말을 입에 달고 산다. 꾸밈없이 재미있는 상태, 행복한 상태를 추구하는 아이들은 권태로움을 표현하는 감정에 있어서도 매우 솔직한 것이다. 아이들은 권태를 느끼면 재빨리 재미있는 것

을 찾고, 금세 흡족해하기도 한다. 그런데 어른들은 권태를
마치 '적'이라도 되는 듯이 취급한다. 권태로워 보일까 봐, 정
말로 오래오래 권태로울까 봐, 도무지 안절부절못한다. 하
지만 권태는 인간의 본능이다. 24시간 행복하고 신날 수는
없다. 기쁨을 추구하는 인간의 본능이 당연하듯, 걸핏하면
지루함과 따분함을 느끼는 것도 인간의 자연스러운 본능이
다. 권태로움을 삶의 일부로서 있는 그대로 받아들이는 것
이야말로 권태에 찌들지 않고 그것과 더불어 살아갈 수 있
는 길의 시작이다.

권태를 넘어서는 방법
투사를 내려놓다

　　　　　　　　인간관계의 권태를 극복하는 길
중의 하나는 '함께 무언가를 배우는 것'이다. 일상의 권태와
관계의 권태는 항상 맞물려 있기 때문에, 일상의 권태를 배
움의 기쁨으로 극복하면 관계의 권태도 치유될 수 있다. 삶
의 권태를 극복하는 소소한 기쁨을 찾는 배움의 길은 알고
보면 도처에 널려 있다. 커플 중 한 사람이 요리를 배워 맛있

는 음식으로 서로를 기쁘게 해줄 수도 있고, 함께 집 안의 인테리어를 적극적으로 바꿈으로써 익숙한 공간의 매너리즘을 극복할 수도 있다. 취미로 악기를 배워 함께 이중주를 할 수도 있고, 한 사람이 악기를 배워 다른 사람에게 가르쳐줄 수도 있으며, 커플 중 한 사람이 음악을 연주하는 모습에 이끌려 '늘 똑같던 사람이 전혀 달라 보이는' 행복한 착시를 경험할 수도 있다. 삶을 따뜻하게 물들이는 어떤 배움이라도 좋다. 그 사람을 조금 다른 각도에서 바라볼 수 있는 여유가 생긴다면. 상대방을 조금 다른 입장에서 생각해볼 수 있는 여유가 생긴다면. 관계의 권태는 그에 대해 좀 더 잘 알고 싶은 호기심으로 바뀌고, '내가 다 안다고 믿었던 당신에게, 뜻밖의 슬픔이, 뜻밖의 기쁨이 숨어 있다는 것'을 깨달음으로써 새로운 애정이 샘솟기도 한다.

심리학에서는 우리가 사랑과 질투와 분노를 느끼며 괴로워하는 이유 중 하나로 '투사projection'를 꼽는다. 우리가 누군가에게 사랑을 느낄 때, 그 감정은 온전히 그 사람의 모든 것을 알기 때문에 비롯되는 것이 아니라 우리 마음에 이미 있는 어떤 아름답고 환상적인 이미지를 그에게 투사하기 때문이라는 것이다. 저마다 마음속에 어떤 이상형의 이미지가

있는데, 그 이상형이라는 내면의 필름이 '그와 살짝 비슷한
어떤 대상'을 발견하는 순간 '아, 저 사람이 바로 내가 찾던
사람이다'라는 판단으로 덧씌워진다는 것이다. 많은 사람들
은 평생 '내 마음속 이상형'과 비슷한 어떤 대상을 찾아 헤매
며 그와 조금이라도 비슷한 대상을 만나면 '아, 저 사람이 바
로 내 운명이야'라고 믿어버리며 그에게 '내 이상형과 비슷
한 사람이 되어줘'라고 요구하는 오류를 저지르곤 한다. 그
사람의 실체를 속속들이 알기 때문에 사랑에 빠지는 것이
아니라 '내가 사랑하는 어떤 환상의 이미지'를 현실의 인물
에게 덧씌움으로써 우리는 사랑에 빠지는 셈이다.

　미움이나 질투, 분노나 실망 또한 그런 원리다. 누군가를
향해 기대하고 신뢰하는 마음이 아예 없다면, 실망도 분노
도 없을 것이다. '나는 이만큼 잘해주었으니까, 최소한 이 정
도는 해주지 않을까'라는 마음을 상대방에게 투사함으로써
우리는 더 쉽게 실망과 분노에 빠진다. 투사를 내려놓는다
는 것은 내 감정과 욕망에 비추어 그 사람을 판단하는 행위
를 끝내는 것이다. 결코 쉽지 않다. 우리는 평생 내 감정에
비추어 다른 사람을 판단하는 습관에 길들어 있기 때문이
다. 하지만 투사를 내려놓는다는 마음가짐으로 상대를 바라

보면, 비로소 권태의 원인과 실망의 뿌리가 보이기 시작한다. 내가 그에게 더 많이 기대할수록, 내가 그를 향해 더 많은 희망을 걸수록, 권태와 절망도 깊어지는 법이다. 세상을 향한 지나친 투사를 걷어내는 것, 오직 내 마음에 비춰 세상을 바라보는 오류를 끝장내는 것이야말로 권태를 극복하는 마음 챙김의 기술이다. 내 마음에 비친 당신의 모습이 '투사'라면, 내 마음에 비친 자기 모습의 실체를 직시하는 것이 바로 '깨달음'이다.

변방의
저항적
상상력을
위하여

20년 20일. 내가 이 숫자를 지금도 기억하는 것은 대학 새
내기 시절 『감옥으로부터의 사색』을 읽은 충격 때문이다.
20년 20일은 고故 신영복 선생이 감옥에 갇혀 있던 시간이
다. '잃어버린 그 시간들'은 단지 빼앗긴 것만은 아니었다. 잃
어버린 시간 속에서 선생은 또 하나의 '대학'을 발견했다. 대
학이 가르쳐야 할 크고 깊은 학문의 뿌리는 책에만 있는 것
이 아니라, 온갖 파란만장한 사연으로 잡혀 온 수형자들의
신산스러운 삶 속에 녹아 있었다.

없는 사람이 살기는 겨울보다 여름이 낫다고 하지만, 교도
소의 우리들은 없이 살기는 더합니다만 차라리 겨울을 택합니
다. (…) 여름 징역은 자기의 바로 옆 사람을 증오하게 한다는 사

실 때문입니다. 모로 누워 칼잠을 자야 하는 좁은 잠자리는 옆 사람을 단지 37℃의 열덩어리로만 느끼게 합니다. 이것은 옆 사람의 체온으로 추위를 이겨나가는 겨울철의 원시적 우정과는 극명한 대조를 이루는 형벌 중의 형벌입니다. 자기의 가장 가까이에 있는 사람을 미워한다는 사실, 자기의 가장 가까이에 있는 사람으로부터 미움받는다는 사실은 매우 불행한 일입니다.

— 신영복, 『감옥으로부터의 사색』, 돌베개, 1998, 6쪽.

교도소의 열악한 환경에서 굳이 추위와 더위 중에 하나를 골라야 한다면 추위보다는 더위가 '덜 서러울 것'이라고 생각하지만 그렇지 않았다. 추위는 옆 사람의 체온을 '고마워하는 마음'을 가져오지만, 더위는 옆 사람을 '증오하는 마음'을 가져오기에 여름 감방 생활이 훨씬 힘들다는 고백에 코끝이 시큰해졌다.

신영복 선생의 글에서 일관되게 감지되는 흐름은 '중심성'으로부터의 탈주다. 중심의 눈치를 보지 않는 변방, 중심의 평가에 주눅 들지 않는 변방의 저항적 상상력이야말로

그의 삶을 지탱해온 에너지다. 늘 유행을 따르고 대세에 순
응하는 삶에서는 변방의 저항적 상상력이 싹틀 여지가 없
다. 우선 내가 선 자리가 변방임을 받아들이는 것에서 탈주
는 시작된다. 그는 비전향 장기수의 좌우명에서 '어떻게 살
아갈 것인지' 해답을 얻었다. 30, 40년 동안 전향하지 않고
신념을 지켜온 장기수는 이렇게 말했다고 한다. "이론은 좌
경적으로 하고, 실천은 우경적으로 하라."

　이는 공부란 '머리에서 가슴으로, 가슴에서 발로' 가는 여
행임을 강조하는 선생의 세계관과 일치한다. 뛰어난 이론을
'머리'로 이해하기도 어렵지만, 이론을 '가슴' 깊이 자신의 것
으로 만드는 일은 더 어렵다. 머리에서 가슴으로 가는 여행
이 지식을 진심으로 받아들이는 과정이라면, 더 어려운 여
행은 가슴에서 발로 가는 여행이다. 가슴 깊이 간직한 배움
의 감동을 발로 뛰는 실천으로 이루는 것. 그것이야말로 공
부의 완성이다. 좌경적인 이론이란 새로운 삶을 꿈꾸는 자
의 끝없는 자유이며, 우경적인 실천이란 나 혼자만이 아니
라 여러 사람과 함께하는 일이 아닐까. 나는 '인간의 본성은
과연 보수적인가'라는 질문에 대한 선생의 대답이 특히 흥
미로웠다.

나는 라면 끓일 때 계란을 깨 넣으면서 끓는 물속에서 흰자가 노른자를 에워싸는 걸 보고 감동(?)했습니다. 노른자를 지키려는 충직함이 감동이었습니다. 그런데 윌슨의 책을 읽고 나서 실망했습니다. 티눈 속에 있는 DNA가 자기의 영양분인 노른자를 놓지 않으려는 집착이었습니다. 이 티눈 속의 DNA가 자기의 서바이벌을 확실하고 안정적으로 하기 위해서 먼저 닭을 만들고 그 닭으로 하여금 수많은 계란을 낳게 한다는 것입니다.

— 신영복, 『담론』, 돌베개, 2015, 46쪽.

신영복 선생은 유전자 결정론에 반대하는 움베르토 마투라나의 '자연 표류' 이론을 소개한다. 마투라나는 생명체 자체가 자기 생성의 주체라고 본다. 생명을 내추럴 드리프트natural drift(자연 표류)의 주체로 보는 것이다. DNA의 확정된 계획으로 움직이는 것이 아니라, 주변 환경과 만나 물처럼 자연스럽게 흘러가는 것이 생명이라는 논리다. 마투라나에게 생명이란 '방랑하는 예술가'다. 자기를 창조하는 능력, 자기를 끊임없이 변형시키는 힘이야말로 예술가의 에너지다.

현실이 유전자 결정론이라면, 이상은 방랑하는 예술가다. 자기 위로가 결국 자신의 현 상태를 지키기 위한 보수적인 힘이라면, 자기비판은 현재의 자신을 깨치고 더 나은 자신으로 변하려는 이상적인 힘이다. "냉정한 자기비판은 일견 비정한 듯하지만 자기를 새롭게 재구성함으로써 서바이벌의 가능성을 훨씬 높여"주기에 그렇다. 나는 오직 생존만을 위해 뛰어가는 눈먼 DNA 같은 삶보다는 조금 힘들더라도, 때로는 지치더라도 방랑하는 예술가로서의 삶을 살아가고 싶다. 우리 모두는 유전자의 단순 조합물이 아니니까. 우리 모두의 가슴에는 아직 실현하지 못한 꿈과 낭만이 끈질기게 살아남아 있으니까.

우리는 사회적 지위로 사람을 평가하는 사고방식에 익숙하다. 감옥에서 죄수를 번호로 부르듯, 사회에서도 사람을 '어떤 조직의 어떤 지위'에 있는 존재로 대상화하는 것이다. 신영복 선생은 화가 이응노 선생의 에피소드를 들려주면서 '존재'보다 '관계'가 소중해지는 순간의 감동을 이야기한다. 이응노 선생은 동백림 사건으로 감옥에 갇혔을 때도 사람들을 수인 번호로 부르는 법이 없었다.

"자네 이름이 뭐야?" "이름은 왜요? 그냥 번호 부르세요. 쪽 팔리게." 어쩔 수 없어 자기 이름이 '응일'이라고 했더니, 한 일 자 쓰느냐고 또 묻더랍니다. 그렇다고 했더니 "뉘 집 큰아들이 징역 와 있구먼." 혼자 말씀처럼 그러더래요.

— **신영복, 위의 책, 73쪽.**

이응노 선생과 한방에 있던 젊은 친구가 신영복 선생에게 들려준 이야기다. "뉘 집 큰아들"이라는 말을 듣고, 그날 밤 응일 씨는 잠을 이루지 못했다. 객지를 떠돌며 밑바닥 인생을 전전하는 동안, 자신이 큰아들이라는 사실을 까맣게 잊고 살았다. 그제야 누이동생의 시계를 훔친 사실이 떠오르고, 가족을 향한 그리움과 죄책감이 느껴지더란다. 그의 이름을 불러주고 그 이름의 의미를 되새기는 것만으로, 그의 인생은 달라질 수 있었다. 이렇듯 인간을 숫자나 고객으로 대상화하는 것이 아니라 '관계 속의 주체'로 생각하는 것이야말로 '존재에서 관계로' 나아가는 첫걸음이다.

한국사와 세계사, 동양철학과 서양철학을 종횡무진하는

저자의 지적 모험을 이 짧은 글로 다 훑어볼 수 없지만, 나는
특히 이 장면이 가슴 찡했다. 공자와 제자들이 오랫동안 굶
주려 길 위에서 일어날 기력도 없을 때였다. 그 와중에 조용
히 거문고를 뜯고 앉은 공자에게 자로가 따졌다.

"군자도 궁할 때가 있습니까?" 자로의 노여운 질문에 대한
공자의 답변은 의외로 조용하고 간단합니다. "군자는 원래 궁
한 법이라네." "소인은 궁하면 흐트러지는 법이지."

— **신영복, 위의 책, 102쪽.**

이 대목을 읽는 순간, 눈시울이 뜨거워졌다. 군자는 원래
궁하다니. 어찌 예나 지금이나 똑같은가. 자신의 올곧은 뜻
을 지키는 사람들은 부자가 되기도, 출세하기도 어려우니.
공자와 제자들은 14년을 유랑하며 고생했지만, 궁함에도 불
구하고 흐트러지지 않는 것이 군자의 길이었고, 공자는 그
좁은 길을 끝내 지켰다.

삶의 중심이 내 안에 있는 사람은 바깥세상의 일에 일희일비하지 않는다. 나보다 뛰어난 사람을 향한 질투심 탓에 괴로울 때도 있고, '내 삶의 방향이 틀린 것일까' 의심할 때도 있지만, 큰 틀에서 봤을 때 삶의 중심이 내 안에 있다면 이런 '분심憤心'은 능히 이겨낼 수 있다. 나에게 인문학은 내 삶의 중심을 내 안에서 찾는 길이다. 다른 곳에서 인정받으려 하고 남에게 잘 보이기 위한 것이 아니라, 어떤 역경에도 쉽게 흔들리지 않는 내 안의 소중한 중심을 찾아가는 길이 내게는 인문학이다. 변방의 자리에서도, 아무도 자신을 인정해주지 않는 세상의 끄트머리 감방에서도 신영복 선생을 지탱해준 건 '나의 중심이 저 세상 바깥에 있는 것이 아니라 나 자신에게 있다'는 믿음 아니었을까.

완곡어법,
에둘러
말하기의
비밀과
폭력

왜 사람들은 '해고'라는 표현 대신 '다운사이징'이라는 단
어를 쓰고, '성 노예'라는 표현 대신 '위안부'라는 단어를 쓸
까. 이런 완곡어법은 사태의 진정한 본질을 왜곡하고 폭력
의 직접성을 완화하는 역할을 한다. 완곡어법은 원래 상대
방의 기분을 상하지 않게 하기 위해, 민망한 단어를 듣기 좋
게 포장하기 위해 쓰이곤 하지만, 때로는 그 '언어의 가면'이
너무도 신출귀몰하여 본래의 의미마저 퇴색되는 경우가 많
다. 나에게 지울 수 없는 상처로 남아 있는 완곡어법은 '노동
시장 유연화'와 '학사 관리 엄정화'였다. 노동시장 유연화는
비정규직을 폭발적으로 증가시키고 전례 없는 대량 해고를
예비하는 암울한 미래의 신호탄이었다. 학사 관리 엄정화는
학생들에게 '데모하지 말고 공부만 열심히 해서 너 자신만
생각하는 효율적인 인간이 되라'라는 학교 측의 의도를 은

폐하는 완곡어법이었다. 노동시장 유연화의 승자는 대기업의 소유주들이었으며, 학사 관리 엄정화 이후 대학은 오직 성공과 돈만을 중시하는 가치관이 판을 치며 자유와 낭만 따위는 사라진 삼엄한 취업 예비 학교가 되어가고 있다.

물론 완곡어법의 순기능도 있다. 거칠고 퉁명스럽거나 민망한 단어를 좀 더 온화하고 부드럽고 세련되게 바꾸어주는 것이다. 변소를 화장실이라 말하고, 죽었다를 돌아가셨다고 표현하고, 엉덩이를 둔부라고 표현하는 정도는 듣는 사람을 배려하는 완곡어법이다. 초밥을 좋아하는 사람 앞에서 그의 감정을 상하지 않게 하기 위해 '나는 초밥의 엄청난 팬은 아니에요I'm not a big fan of sushi'라고 말하는 것은, 실은 '나는 초밥을 싫어한다'는 마음을 에둘러 표현하는 예의 바른 완곡어법이다. 완곡어법euphemism은 본래 '좋다'는 뜻의 'eu'와 '말한다'는 뜻의 'pheme'이 합쳐진 말로서, 불길한 말을 대신하여 쓰는 호의적인 말이었다. 최초의 탄생 의도는 좋은 것이었으나, 현대사회의 질곡과 함께 점점 행동반경을 넓힌 완곡어법은 이제 권력자의 의도를 눙치거나 은폐하기 위한 무기로까지 진화하고 말았다. 그 대표적 사례가 바로 '부수적 피해collateral damage'다. 원래 군사 용어였던 이 단어는 무기로 적을 타격한 뒤 발생하는 민간인 피해를 가리키는데, 사실 그 본래 의미 자체가 공격적이고 자기중심적이다. 어떻게 민간인 피해가 '부수적'이란 말인가. 군사 목표를 타격하는 것은 중요하고, 매일매일 열심히 살아가는 우리 보통 사람들의 생명은 중요하지 않단 말인가. 위안부 문제를 '전쟁 상황에서는 어쩔 수 없다'라고 생각하는 이들의 머릿속에도 바로 그 심각한 문제를 '부수적 피해'로 격하하는 사고방식이 숨어 있다.

상대방의 감정을 상하지 않도록 조심하는 완곡어법은 배려에서 우러나오는 것이다. 하지만 단어의 본래 의미를 희석하고 애매하게 만드는 말, 책임 소재마저 불분명해지는 완곡어법은 책임자를 뒤로 빠지게 하여 뭔가 탈이 일어났을 때 아무도 책임지지 않기 위한 사전 포석이다. '구조조정'이라는 악명 높은 완곡어법도 수많은 노동자를 잔인하게 해고하는 기업의 진짜 얼굴을 숨기기 위한 꼼수였다. 거짓말을 사탕발림으로 교묘하게 포장하는 완곡어법, 시커먼 속내를 감추기 위해 말만 번드르르하게 위장하는 완곡어법은 '보다 진실하게 내 마음을 표현하는' 언어의 본래적 기능을 박탈하고 만다.

모든 완곡어법이 사악하진 않지만 이 에둘러 말하기의 본질은 궁극적으로 사태가 지닌 원초적 갈등과 직접적 자극을 피하는 것이다. 과연 위안부라는 완곡어법이 이 지울 수 없는 역사적 트라우마의 본질을 표현할 수 있을까. 유엔 인권위의 지적처럼 위안부comfort women라는 간접적 표현이 아니라 강요된 성 노예enforced sex slaves라는 직접적 표현을 통해 다시는 그런 끔찍한 만행이 일어나지 않도록 경종을 울려야 하는 것은 아닐까. 집단 학살genocide을 인종 청소ethnic cleansing라고 표현하고, 낙태abortion를 임신중절pregnancy termination이라고 부른다고 해서 사태의 심각성이 완화될까. 감옥prison을 교정 시설correctional facility이라고 부른다고 해서 누군가가 갇혀 있다는 사실이 사라질까. 우리는 폭력을 은폐하는 완곡어법, 사태의 정확한 묘사로부터 도피하는 완곡어법에 저항해야 한다. 완곡어법은 가해자의 진짜 얼굴을 가리기 위한 정교한 언어적 가면이다.

우리 안의
극우에
관하여

　미국을 대표하는 지성파 정치인이던 힐러리 클린턴이 아
닌, 부동산 갑부이자 외국인 혐오주의자 도널드 트럼프가
미국 대통령으로 당선된 지도 어언 1년 반이 흘렀다. 어쩌면
이 선거는 정치 9단 클린턴이나 민주당의 패배에 그치는 것
이 아니라 '지성의 패배'일지도 모른다. 겉으로는 대놓고 지
지하지 못해도 선거 당일에는 작심한 듯 꿋꿋하게 한 표를
행사하는 '샤이 트럼프Shy Trump'라는 집단 심리. 그것은 클
린턴을 비롯한 기성 정치인과 지식인 집단에 대한 반감에서
비롯된 측면이 강하다. 역사학자 리처드 호프스태터는 1963
년 퓰리처상 수상작 『미국의 반지성주의』에서 미국 사회의
오래된 악습, 즉 '지식인을 혐오하는 문화'에 대해 강력하게
비판했다. 반지성주의는 인종차별을 정당화하고 페미니즘
을 혐오하며 '진보'로 묶이는 정치적 저항이나 소수집단의

인권을 도외시함으로써 증오와 편견을 부추긴다.

클린턴이 좀 더 서민적이고 유머러스하며 '덜 지성적'이었다면, 좀 더 친근감 있고 '마초적 매력'이 넘치는 남성이었다면, 난데없는 트럼프 광풍의 희생양이 되지 않았을지도 모른다. 왜 클린턴 같은 뛰어난 지성과 오랜 경험을 두루 갖춘 정치가가 '나는 엘리트와는 거리가 멀다'고 생각하는 이들에게서 인기를 얻지 못했을까. 어쩌면 미국 사회에 오랫동안 뿌리내린 반지성주의가 '도널드 트럼프'라는 기폭제를 만나 엄청난 강도로 폭발해버린 것인지도 모른다.

문제는 말도 많고 탈도 많은 반지성주의가 사회의 결정적인 과도기마다 더욱 무섭게 기승을 부린다는 점이다. 반지성주의는 1960년대 미국뿐 아니라 아베 신조 총리의 극우·보수적 성향을 오랫동안 지지해온 일본의 대중에도, 나아가 2017년 장미대선 정국을 맞아 진보 세력에 대한 네거티브 전략에 의지하면서 생산적 담론을 끌어내지 못한 한국의 보수 정치에도 뿌리 깊이 박힌 집단 심리다. 반지성주의의 방점은 '지성'에 있다기보다는 '반反', 즉 무언가에 대한 '안티'로서 만족을 느끼는 감정에 놓여 있다. 어떤 구체적 담론에 기

댔다기보다는 '누군가를 향한 반대와 증오' '누가 대통령이
되면 절대로 안 돼'라는 식의 편견을 강화하는 방식으로 작
동하는 것이 바로 반지성주의다.

마녀사냥식
사고

일본의 사상가 우치다 다쓰루 외
다양한 필자가 함께 쓴 『반지성주의를 말하다』는 일본 사회
에 깊이 뿌리내린 반지성주의적 성향을 다양한 각도에서 분
석한다. 무지와 왜곡을 부끄러워하지 않는 사람들이 'A는 절
대 안 된다' 'B만이 옳다'고 선동하면 누군가는 그 선동을 통
해 엄청난 이익을 얻는 사회, 그것이 바로 반지성주의의 어
두운 단면이다. 앞뒤 맥락을 다 빼고 자신의 적대 세력을 향
해 폭언을 내뱉는 정치인들, 논리도 근거도 없는 음모론이
판을 치고 그 음모론에 기대어 실제로 여론이 조성되는 끔
찍한 악습, 소수자 집단을 향한 무조건적 혐오와 극단적 배
제. 이 모든 것이 일본 사회의 반지성주의를 증언하는 모습
이며, 놀랍게도 그 모습은 한국 사회의 '극혐' 문화, 즉 누군

가를 미워하기로 작정하면 그에 대해서는 어떤 이성적 성찰
도 하지 않고 오직 그를 증오하고 반대하는 데만 온 힘을 다
하는 집단 심리와 데칼코마니처럼 겹쳐진다.

　반지성적인 행동의 특징은 '편협함'이다. (…) 반지성주의자들
은 '지금, 여기에서, 눈앞에 있는 사람들을 압도하는 것(입을 다
물게 하는 것, 그의 뜻에 따르게 하는 것)'을 당면 목표로 삼는다. 그것
말고는 다른 목적이 없다. (…) 시간이 불가역적으로 흘러 '지금,
여기'에서 진실로 여겨지는 것이 허위로 전락하거나 그들이 단
정한 언명의 오류가 폭로당하는 것을 그들은 원하지 않는다.

　― 우치다 다쓰루 엮음, 김경원 옮김, 『반지성주의를 말하다』,
　　이마, 2016, 38쪽.

　다큐멘터리 영화감독인 소다 가즈히로는 반지성주의의
핵심 정서로 '대본 지상주의'를 꼽는다. 마음속에 이미 '대본'
을 정해놓고, 어떤 상황이 전개돼도 마음속에서 이미 다 쓰
인 대본대로 행동하는 사람들이야말로 반지성주의의 표본

이다. 예컨대 동일본 대지진 때 일본 정부나 언론사의 대응 방식이 그렇다. '일본의 원전은 사고를 일으킬 리 없다(일으켜서는 안 된다)'는 '안전 신화'의 강력한 대본과 '원전은 존속돼야 한다'는 또 다른 대본에 매달리는 기업, 언론, 지식인이 일종의 카르텔을 형성해 원전 사고가 가져올 사태를 축소 보도했다는 것이다. 막상 그들의 대본에는 없는 심각한 원전 사고가 일어나자 일본 정부는 어떻게 대응할지 모르고 갈팡질팡했다.

한국의 극우 정치인들이 TV 토론회에서 보여주는 행태 또한 대본 지상주의다. '상대편 후보가 당선돼서는 안 된다'는 대본에 입각해, 그가 하는 모든 말을 '거짓말'로 몰아세우고, 상대편 후보의 일거수일투족을 아무 거리낌 없이 깎아내리는 태도야말로 대본 지상주의의 표본이다.

즉 반지성주의는 '정의'와 '공정성' 같은 긍정적 가치에 기반을 두기보다 대중의 사랑을 받는 다른 정치인에 대한 질투와 무조건적 반감, '나와 다르게 생각하는 모든 것'을 '좌파'나 '빨갱이'로 몰아가는 마녀사냥식 사고로 스스로를 중무장한 방어 전략이다. 겉으로는 공격적으로 보이지만 나와 다른 모든 것에 대한 반감이라는 점에서 '작용'이 아니라 '반작용'에 불과하다. 다른 쪽의 자극이 없으면 생존할 수 없다.

내 머리로
생각할 권리

반지성주의는 계층이나 집단에 따라 '주어진 대본'을 주입한 뒤 '우리 집단을 위해서는 이렇게 생각하는 것이 옳다'는 쪽으로 집단의 심리를 몰아감으로써 '내 머리로 생각하는 주체적 사유'의 힘을 앗아간다. 더욱 무서운 것은 소위 지성인이라 불리는 사람들 내부에서도 반지성주의가 만연하다는 것이다. 히틀러의 반유대주의를 강화한 지식인들은 단지 권력에 기대어 부역한 것에 그치지 않고, 유대인을 향한 차별과 학살을 자신들의 학문적 신념에 근거해 정당화했다. 지성의 외피를 두른 반지성주의가 권력의 시녀가 됨으로써 제2차 세계대전의 광풍이 전 세계를 암흑으로 몰아간 것이다.

유감스럽게도 반지성주의자는 '당신의 동의를 얻어낼 수 없을 것 같으니 좀 더 공부한 다음 다시 생각해보겠습니다' 같은 말을 결코 입에 담지 않는다. 그들은 우리에게 통고한다. '옳고 그름의 판단은 이미 끝났다. 너를 대신해 내가 벌써 판단해버렸다. 그러니 네가 무슨 생각을 하든, 내 주장의 진리성에는 아무런 영향도 미칠 수 없다'고. 그리고 그런 말은 확실히 '저주'로 기능하기 시작한다. 왜냐하면 그런 말을 귀에 대고 시끄럽게 떠드는 사이에 살아가는 힘이 점차 약해지기 때문이다.

— **우치다 다쓰루 엮음, 앞의 책, 16쪽.**

반지성주의의 종착역은 민주주의의 압살이다. '너와 나의 다름'을 인정하지 않음으로써 대화의 물꼬 자체를 막아버리는 태도를 극복하는 것, 나아가 지금 생산적인 소통이 불가능하더라도 '언젠가는 우리가 대화할 수 있다'는 가능성을 열어두는 태도야말로 반지성주의를 극복하는 마음의 첫 번째 단추가 될 수 있다. '너희들은 전쟁을 겪어보지 않아서 몰라' '너희들은 배고픔을 겪어보지 않아서 몰라'라는 식으로 상대방의 선천적 조건을 문제 삼는 원천 봉쇄적 대화를 극복하는 것, 나와 너의 다름으로 인한 마찰을 두려워하지 않는 것, 예측 불가능한 상황에 대한 공포를 넘어서는 것, 더 나아가 우리가 당장 바꿀 수 없는 사안들에 대한 우리 자신의 한계를 받아들이는 것이야말로 반지성주의를 극복하는 대장정의 시작이다.

　선전하고 표현하고 과시하는 것을 지나치게 중시한 나머지 듣는 것, 이해하는 것, 받아들이는 것을 도외시하는 문화가 나타났다. 이 같은 문화를 넘어서는 것이야말로 한국 사회가 이 끝없는 질풍노도의 터널을 지나갈 수 있는 힘이 될 것이다. 지성의 가치를 옹호하는 것, 나아가 '내 머리로 생각하고 판단하고 행동할 권리'를 옹호하는 것은 결코 부끄러운 일이 아니다. 우리는 '일베'나 '극혐' 같은 단어에 담긴 반지성주의를 통렬하게 고찰하고, 타인의 가치를 짓밟음으로써 자신의 이익을 챙기는 모든 종류의 악습과 싸워야 한다.

내
마음의
정원에 관한
열세 가지
이야기

  현대인의 마음속에 각인된 '정원'은 어떤 이미지일까. 정원을 가꾸고 꾸미는 즐거움은 커다란 단독주택을 지닌 사람들의 특권으로 인식하는 경우가 많지 않은가. 캐서린 맨스필드의 소설 「가든파티」는 우리가 정원이라 믿는 것의 이미지를 전형적으로 보여준다. 이 작품에서 귀족 집안이 소유한 아름다운 정원은 '그들(특권층)이 사는 세계'와 '우리가 사는 세계'를 구분하는 경계이자 장벽으로 기능한다. 호화로운 가든파티를 할 생각에 한껏 들떠 있는 로라네 가족은, 길 건너 이웃집에서 무려 다섯 명의 아이들을 먹여 살리기 위해 고군분투하던 가난한 짐꾼 스콧이 바로 몇 시간 전 낙마 사고로 비명횡사했다는 소식을 듣고도 태연하게 파티 준비를 계속한다. 정원에서 흐드러지게 피어나는 꽃들, 형형색색의 빛깔과 향기로 열매 맺는 나무들, 그 아름다운 정원의 한복판에서 호화로운 만찬과 함께 흥겹게 벌어지는 파티의 즐거움. 그 온갖 열락과 향연은 오직 '초대받은 자들', 즉 로라네와 똑같은 계급의 사람들에게만 주어진 배타적 특권이었던 것이다.

아직 어머니의 귀족적 세계관에 완전히 물들지 않은 어린 딸 로라는 어머니에게 이의를 제기한다. "물론 우리가 파티를 하면 안 되겠죠? 악단과 손님들이 오고 있어요. 우리 집에서 나는 소리가 들릴 거예요." 로라에게는 스콧네 가족이 '보살펴야 할 이웃'으로 보였지만, 로라의 어머니에게는 그저 '불쌍하지만 우리와 함께할 수는 없는 머나먼 타인'에 불과했다. 사춘기 소녀 로라는 '우리의 즐거움'이 타인에게는 뼈아픈 고통이 될 수 있다는 사실을 예민하게 인식한다. 스콧의 딱한 사연을 알게 된 로라는 어떻게든 어머니를 설득하여 파티를 취소하려 하지만 어머니의 입장은 완강하다. "로라, 너 참 엉뚱하구나. 그런 사람들은 우리가 희생해주리라고 생각하지 않아. 또 지금 너처럼 사람들의 즐거움을 망치려고 하는 데는 그다지 공감이 가지 않는구나." 뿌리 깊은 특권 의식에 물든 어머니는 '나의 기쁨, 우리의 행복'을 방해하는 모든 요소를 적대적인 것으로 규정한다. 이웃의 참혹한 비보조차 파티의 즐거움을 방해하는 장애물에 불과했던 것이다. 현란한 파티의 향락이 끝나자 그녀는 마치 대단한 자선 활동이라도 벌이듯 로라에게 '파티에서 남은 음식'을 스콧의 장례식에 갖다주라고 말한다. 그들에게 정원이란 '우리들만의 기쁨, 우리들만의 행복'을 지키기 위한 배타적 소유와 독점의 장소였던 것이다.

내부이자 외부인
여백의 공간

나에게 각인된 정원의 이미지도 「가든파티」를 크게 벗어나지 않았다. 그런데 이런 생각을 결정적으로 바꾸게 한 것이 바로 여행을 통해 만난 수많은 정원이었다. 왕궁은 물론 예술가, 작가, 심지어 평범한 시민들의 정원에 이르기까지, 정원은 꼭 한 가족만의 배타적 소유물이 아니었다. 영국 내셔널 트러스트가 국가적으로 관리하는 정원(이 중에는 조지 버나드 쇼, 토머스 하디, 윌리엄 워즈워스의 정원도 있다), 각국 문화재로 지정된 정원, 도심 한가운데 시민의 숲으로 조성된 공원, 한때 개인 소유였지만 이제는 365일

전 세계인에게 개방된 정원들이 '이제 정원은 한 사람의 배타적 소유물이 아니다'라는 행복한 깨달음을 전달해주고 있었다. 프랑스의 화가 클로드 모네의 정원은 '개인의 정원'을 '공공의 정원'으로 바꾼 이상적 사례에 속한다. 모네의 정원은 황폐한 땅을 꽃들이 가득한 아름다운 곳으로 탈바꿈시켰고, 한적한 시골 마을을 세계적 관광지로 바꾸어놓았으며, 평범한 일상과 위대한 예술이 하나로 통합되는 이상향을 창조하는 공간이 되었다.

물론 한국처럼 집값이 비싼 나라에서 정원을 사적으로 소유하는 것은 커다란 행운에 속한다. 자연과 함께하는 삶을 꿈꾸는 것은 인간의 본능이지만, 그 자연을 늘 집 안에 둔다는 것, 즉 자연과 인공의 조화로운 합작품인 정원을 매일 감상하는 축복은 여전히 소수만 누릴 수 있는 특권이다. 하지만 '정원을 가꾸는 삶'은 '정원을 소유하는 삶'과 다르다. 정원을 소유하지 않아도 점유할 수는 있다. 바로 시민에게 개방된 공용 공간으로서 정원이 그것이다. 정원이 주는 기쁨을 나 혼자만 소유해서는 안 된다는 감각, 즉 정원을 가꾸고 아름다움을 향유할 가능성을 모든 시민과 공유해야 한다는 감각은 그리스·로마 시대에도 있었다. 로마의 황제 카이사

르는 유서에 '나의 정원을 모든 시민들에게 돌려주어 그들
을 휴식하게 한다'라는 조항을 명기해놓았다고 한다. 정원
을 돌려준다는 것, 나아가 휴식하도록 한다는 것에는 여러
가지 의미가 함축되어 있다. 최고 정치인으로서 카이사르
개인이 누리던 정원 가꾸기의 즐거움이 '개인의 소유물'이
아니라 '본래 시민의 것'이라는 인식, 그리고 정원이 가져다
주는 중요한 기능 중 하나가 '시민의 휴식'이라는 깨달음이
다. 그리스 시대에는 더욱더 확실한 형태의 '공용 공간으로
서 정원'이 존재했다. 온갖 철학자와 젊은이들이 어울려 공
부하고 토론하는 배움의 현장, 리케이온이다.

리케이온은 아테네 성벽 동쪽에 위치했으며, 산책로와 경주
로에 탈의실과 레슬링 교실, 신전은 물론, 스토아까지 갖추고
있었다. 종교의식과 군대 열병식이 치러질 정도로 리케이온은
스포츠와 종교, 정치를 아우르는 그야말로 다목적 공간이었다.
그리고 철학이 있었다. (…) 또한 리케이온은 최초의 식물원도
갖추고 있었다. 아리스토텔레스의 소실된 저서 『식물에 관하
여』는 틀림없이 그 식물원을 기반으로 쓰였으리라.

― 데이먼 영, 서정아 옮김, 『정원에서 철학을 만나다』,

　이론과실천, 2016, 8쪽.

　　귀족적 성향이 강했던 아리스토텔레스가 철학과 예술의 담론이 가장 뜨겁게 달아오르는 장소, 리케이온을 설립한 곳은 화려한 궁궐이 아니라 누구나 접근할 수 있는 공용 공간, 시민의 숲이었다. 『파이돈』에서 '육체가 정신을 잘못된 방향으로 이끌어간다'며 육체의 쾌락을 경계했던 소크라테스조차 자연이 선물하는 신비로운 아름다움에 마음을 빼앗겼다. 일리소스 강가에서 그는 자연의 신성한 아름다움이 끊임없이 새로운 시상을 떠오르게 함을 느꼈다. 자연이 다정하고 순수한 영혼을 붙들고 자극하며, 황홀과 열정에 넘치는 문장을 쏟아내게 한다고 극찬했다. 자연의 아름다움을 통해 느끼는 육체적 행복을 경계했던 위대한 철학자에게조차 자연은 '차별 없는 축복'을 내려주었던 것이다.

　　이렇듯 정원은 사적 욕망과 공적 욕망이 충돌하는 장소이기도 하다. 정원은 일종의 울타리처럼 '내 집'과 '내 집이 아닌 장소'를 나누는 경계 구실도 하지만, 바로 그 정원의 아름다운 꽃과 나무들이야말로 바깥세상을 향해 열린 통로다.
즉 집주인은 정원에 둘러싸여 정착민으로서 안락함과 안정
감을 느끼지만, 외부인은 정원의 노출된 부분을 통해 집의
내부를 상상하게 된다. 그뿐만 아니라 정원에 심은 과실수
나 꽃들은 벌과 나비, 새들을 불러내어 수많은 생명체를 '집
안'으로 끌어들이는 역할을 한다. 콘크리트 울타리라면 결
코 일어나지 않았을 일들이 정원을 통해 일어난다. 정원에
서 일어나는 사건들의 본질은 의외성과 예측 불가능성이다.
본래의 야성적 자연을 잘 가꿔진 정원으로 길들이려 해도
자연의 본질은 변하지 않는다. 그 누구도 자연을 혼자서 소
유할 수 없다는 점, 자연은 예측 불가능성으로 가득 찬 존재
이므로 그 어떤 정원에도 '자연의 본래 그러함'으로부터 도
망칠 예외적 공간은 없다는 점이다. 정원은 외부인에게는
'이렇게 아름다운 꽃이 피어나는 저 집은 어떤 집일까' 하는
궁금증을 자아내고, 새와 곤충에게는 아무런 거리낌 없이
드나들 수 있는 자연의 장소 그 자체다. 즉 정원은 내부와 외
부가 확실히 구분되지 않는 경계적 공간, 담장이나 울타리
와는 달리 '정원 너머의 세계'를 향한 상상력을 죄책감 없이
발휘할 수 있는 자유와 여백의 공간이다.

헤세, 오웰,
카잔차키스의 욕망

자연의 인간화된 형태가 정원이
라면, 정원은 인공과 자연의 조화를 추구하면서 결국은 '인
간 중심의 공간'일지도 모른다. 하지만 정원에서 누리는 기
쁨은 인공적인 것뿐 아니라 '자연 그 자체'에서 올 때가 많다.
뛰어난 정원사이기도 했던 작가 헤르만 헤세의 이야기는
'정원'과 '숲' 사이의 경계가 모호하면 모호할수록, 정원의 인
공성을 줄일수록 더욱 매력적인 정원이 될 수 있음을 보여
준다. 정원이 야생화되어 점점 숲으로 변해가는 과정은 '정
원의 실패'가 아니라 '숲의 승리'가 될 수 있다. 실제로 헤세
에게 정원이 숲처럼 야생화되어가는 과정은 전혀 반감을 불
러일으키지 않았다. 또한 자연 친화적 작가로서 삶만큼이나
정원사로서 삶을 소중히 여겼던 헤세는 원예의 기쁨이 '흙
과 식물을 가까이하는 육체적 노동'과 '자연을 인간의 노력
으로 더욱 아름답게 만드는 예술'의 합작품임을 이해했다.

나는 이 특별한 오전 시간 내내 이끼와 덤불, 들판이 야생화

되어 점점 더 숲이 우거지는 것에 아무런 반감도 갖지 않고, 그
저 야생 식물의 세계가 번성하는 것을 감탄과 기쁨 속에 바라
보았다. (…) 어린 장미 잎사귀가 아침 햇빛이 투과되어 적갈색
으로 보였고, 막 옮겨 심은 달리아의 아직 잎이 돋지 않은 줄기
도 눈에 들어왔다. 그 사이로 억제할 수 없이 분방한 생명력을
지닌 산나리의 통통한 줄기가 뻗어 나오려고 하는 것도 보였
다. (…) 올해는 백일홍을 어디에 심어야 할지도 생각했다.

— 헤르만 헤세, 두행숙 옮김, 『정원에서 보내는 시간』,

　웅진지식하우스, 2013, 43~44쪽.

　정원은 창조적 노동 공간으로서도 커다란 의미를 지닌
다. 자연을 인간의 힘으로 변형시킬 수 있다는 것은 인간에
게 '쉼 없이 일하며 세상을 바꾸는 희열'을 선사한다. 『그리
스인 조르바』의 작가 니코스 카잔차키스는 『고행』에서 "우
리의 임무는 무엇인가? 한 송이 작은 꽃이 피어날 수 있도록
힘겹게 싸워나가는 것"이라고 썼을 만큼 자연에 깊은 애정
을 지니고 있었다. 그는 아내에게 보낸 편지에서 "가장 크나
큰 죄악은 만족"이라고 썼으며, 자신의 책 『향연』에서는 이

렇게 말했다. "하느님을 찾고 있소? 여기 신이 있소! 신은 행
동이오. 실수와 모색, 끈기, 싸움으로 무장한 행동. 신은 영원
한 조화를 찾아낸 힘이 아니라, 모든 조화를 부수는 힘, 언제
나 보다 높은 것을 찾아다니는 힘이라오."(카잔차키스의 자연에
대한 사랑은 데이먼 영의 앞의 책 참고) 그는 끊임없이 무언가를 창
조하고 변화시키는 인간의 열정에서 삶의 의미를 찾았다.

　　카잔차키스는 저서 집필을 위해 일본을 답사하면서 일본
식 정원의 아름다움에 매혹되었다. 1935년의 봄날, 그는 나
막신을 신고 일본 정원을 거닐며 아내에게 이렇게 편지를
썼다. "일본을 통째로 들어다 당신 어깨에 기모노처럼 두를
수만 있다면." 카잔차키스는 특히 교토의 사찰 료안지龍安寺
의 바위 정원, 카레산스이枯山水에 매혹되었다. 척박한 바위
로 아름다움을 창조해낸 정원사들의 놀라운 예술적 감식안
에 흠뻑 빠진 것이다. 울퉁불퉁한 바위로 둘러싸인 황폐한
장소였지만, 그곳을 아름다운 정원으로 조성하는 불굴의 의
지가 엿보이는 기법이었다. 일본어로 샷케借景라고 알려진
조원造園 기법이다. 뭔가 푸르른 생명의 기운을 느낄 수 있는
것은 오직 바위틈에 낀 이끼뿐이지만, 그 차가운 바위 정원
의 조경을 가만히 바라보고 있으면 신비로운 평화와 안도감

이 밀려든다. 자연을 끊임없이 더 아름답게 변형시키는 인간의 의지 속에서 카잔차키스는 인간의 위대함을 발견한 것이었다. 돌 위에서 꽃이 피어나는 것도 아니고, 주변에 아름다운 연못이 있는 것도 아니지만, 살아 있는 것이라곤 오직 이끼밖에 품어낼 수 없는 그 바위들을 정성껏 돌보고 가꾸는 인간의 노력 속에서 관람자들은 감동을 느낀다. 카레산스이는 '자연과 인공의 행복한 조화'를 가능하게 한다. 어떤 쓸모가 있을지, 얼마나 아름다운 결과물이 나올지 미처 예측할 수 없을지라도, 멈추지 않고 뭔가를 만들고 재배치하고 발명하고 실패하며 마침내 자신이 꿈꾸던 그 무엇을 만들어가는 것. 그 쉼 없는 노력 속에서 인간과 자연의 행복한 공존은 가능해진다.

조지 오웰 또한 황폐한 자연을 변형시켜 아름다운 정원으로 만드는 '자연의 재창조'에서 삶의 기쁨을 찾았다. 그는 평생 뎅기열, 폐렴, 결핵, 만성 기관지염 등 각종 질병에 시달렸지만, 치료를 기다리며 무력하게 누워 있기보다는 정원에서 열심히 일하며 '삶의 눈부신 가능성'을 끌어안는 길을 택했다. 그에게 정원은 '살아 있음'을 온전히 느낄 수 있는 삶의 장소였던 것이다. 오웰은 병원행을 택하지 않고 스코틀랜드

주라 섬에 황량한 들판 위에 서 있는 낡은 집 한 채를 빌렸
다. 아무리 아픈 날이라도 낫과 곡괭이를 집어 들고 메마른
땅 한가운데 누구도 예상치 못한 아름다운 정원을 만들었
다. 오웰은 자연을 인간의 입맛에 맞게 길들인 우아한 정원
을 꾸미고 싶어 한 것이 아니었다. 그는 일종의 천연 정글을
만들고 싶어 했다.

　원예는 다른 무엇보다 사실주의자에게 걸맞은, 실질적인 솔
직함을 요하는 작업이기 때문이다. 가령 서리의 혹독함에 대해
오판했다는 사실을 중앙위원회의 그럴듯한 포장으로 감출 수
는 없다. 작물이 죽으면 간단히 드러날 일이다. 토양이나 햇빛,
습도, 산도에 따른 결과도 명백하기는 마찬가지다. (…) 얼어붙
은 진흙에, 가시 달린 검은딸기나무, 야금야금 물어뜯는 진드기
까지. 주라 섬의 이른바 "천연 정글"을 경작하기로 마음먹었을
때 오웰은 추위와 베인 상처, 가려움증으로 고생해야 했다. 그
가 원한 것은 현실로부터의 탈출이 아니었다. 그는 사실들 속
에 거하기를 원했다. 그 사실들이 아무리 고통스러울지라도.

　— **데이먼 영**, 앞의 책, 178쪽.

오웰은 온실 화초처럼 인공적으로 가꾸는 식물보다는 잡초도 야생화도 가리지 않고 주어진 땅 안에서 자연의 힘으로 적응하는 어떤 식물이든 있는 그대로 받아들이는 일종의 천연 정글을 꿈꾸었다. 이러한 야생적 프로젝트는 과연 조지 오웰다운 적극적이고 사실주의적인 발상이었다. 그는 인간의 노동력을 어느 정도 투여하면서도 동시에 과도한 인공미를 추구하지 않는 자연스러운 정원, 야생의 숲에 가까운 조경을 꿈꾸었다. 정원과 숲 사이, 자연과 인공 사이에서, '인공'이나 '정원'보다는 '숲'이나 '자연'에 가깝도록 디자인한 것이 오웰의 천연 정글이었다. 그는 고통스럽게 노동하면서도 '이 땅에 내가 살아 있음'을 느끼는 것이 게으르고 안락한 것보다 훨씬 낫다고 믿었다. 이렇듯 자연과 인간의 진정한 소통을 가능케 하는 '정원 가꾸기'는 타율적 노동이 아닌 자발적 노동의 힘이 지닌 가치를 보여준다. 자연을 더 아름답고 풍요롭게 가꿈으로써, 인간은 단지 자연의 일부로서 종속된 삶의 자리를 넘어, 자연과 공생하면서도 자연을 재창조하는 노동과 예술의 기쁨을 향유할 수 있다. 정원 가꾸기는 단지 여가를 즐기는 시간이 아니라 삶의 본질적 가치를 고양시키는 정신적 힘을 지닌 셈이다.

"여자들은 삶을 아름답게
만드는 재주가 있다네"

한 송이 꽃이 피어나는 과정을 통해 생명의 신비를 느끼고, 매일 지속되는 정원 가꾸기의 노동을 통해 살아 있음을 느끼는 것. 나아가 아주 짧은 시간만 방심해도 시시각각 변화하는 정원 속에서 모네는 세상 모든 빛을 모아둔 대자연의 팔레트를 발견했으며, 시인 에밀리 디킨슨은 자신의 시 자체가 머릿속에서 피어난 꽃이라고 생각했다. 철학자 장 자크 루소는 정원 가꾸기의 즐거움을 통해 자신을 비난하는 수많은 논객의 공격으로부터 스스로를 보호할 내면의 안식처를 찾았다. 우울증을 심하게 앓았던 버지니아 울프는 남편 레너드가 가꾸는 정원을 거닐 때만큼은 더없이 행복한 표정을 지었고, 심한 천식을 앓았고 하루 중 대부분의 시간을 은둔하며 글을 썼던 프루스트는 일본산 분재를 수집하며 자신의 방 안에 광활한 숲을 초대한다. 그렇게 자연의 경이와 신비를 자신의 집 정원에서 얻는 데 성공했던 수많은 철학자, 작가, 예술가들은 하나같이 정원을 무한한 영감의 원천으로 삼았다. 우리에게도 이런 일상의 기적이 가능하지 않을까.

사람들은 끊임없이 주말 캠핑 장소를 물색하고, 템플 스
테이나 성지순례 사이트를 탐색하며, 연인들은 아무도 모르
는 둘만의 비밀 장소를 갖고 싶어 한다. 삶의 일부이면서도
일상의 수레바퀴를 벗어나는 공간에 대한 끊임없는 열망을
미셸 푸코는 '헤테로토피아'라는 용어에 응축한다. 유토피아
가 이상향의 밝은 면을, 디스토피아가 어두운 면을 강조한
다면, 헤테로토피아는 빛과 어둠이 공존하며 삶의 모든 복
잡 미묘한 측면을 끌어안는 혼종성의 공간이다. 유토피아가
어원 그대로 '지상에 없는 곳'이라면, 헤테로토피아는 지상
에 분명히 존재하면서 인간의 꿈을 담는 실제적 공간이다.
지상에 존재하면서도 천상의 아름다움을 품은 눈부신 정원,
엄마의 회초리를 피해 숨어 있던 비좁은 다락방, 시골 마을
한가운데 푸짐한 나무 그늘이 드리워진 멋들어진 공터도 헤
테로토피아가 될 수 있다.

푸코는 지금 이곳과 다른 삶을 향한 꿈이 시작되는 장소
를 바로 우리 몸으로 보았다. 몸 자체가 하나의 벗어날 수 없
는 장소라는 것이다. 푸코는 살아 있는 한 도저히 떠날 수 없
는 몸이라는 장소의 비참함을 그려낸다. "내 몸, 이 가차 없
는 장소. (…) 야윈 얼굴, 구부정한 어깨, 근시의 눈, 민둥머리,

정말 못생긴 모습. 그리고 내 머리라는 이 추한 껍데기, 내가 좋아하지도 않는 이 철창 속에서 나를 보여주며 돌아다녀야 한다."(『헤테로토피아』, 문학과지성사, 2014, 28쪽.) 우리 몸은 우리 자신에게 강요된 어찌할 수 없는 장소다. 이 피할 수 없는 한계에 맞서고, 이 장소의 고통을 잊기 위해 우리는 그 모든 유토피아를 상상한 것일지 모른다.

유토피아가 불가능한 이상향으로서 아름답다면, 헤테로토피아는 삶의 가장 어두운 모습까지 끌어안음으로써, 삶의 의외성과 우연성마저 포용함으로써, 삶으로부터의 도피가 아닌 삶 자체의 긍정으로 나아가는 공간이다. 누구나 정원을 소유하지 않고도 정원의 아름다움을 향유할 수 있는 시민의 정원이야말로 우리가 지금 이 도시에 건설할 수 있는 새로운 헤테로토피아, 가능한 유토피아가 아닐까.

자연을 경제적 가치로 환원하여 '자원'으로 여기거나 부르주아의 과시적 소비로서 정원의 아름다움을 사적 소유물로 간직하는 것이 아니라, '시민의 정원'을 창조함으로써 모두의 공용 공간으로서 정원을 만드는 것. 나아가 꽃과 나무에서 얻는 관조와 휴식의 행복뿐 아니라, 정원 가꾸기라는

'예술적 노동'의 기쁨을 향유할 수 있는 다양한 체험의 공간
이 만들어지기를 꿈꿔본다. 씨앗을 뿌리고 물을 주고 햇볕
을 쬐게 하여 매일매일 살아 있는 생명의 신비를 경험하게
하는 일은, 아이는 물론 어른에게까지도 '우리가 이 아름다
운 자연과 같은 시공간에 공존하고 있구나' 하는 무한한 기
쁨을 안겨주지 않을까. 관찰과 휴식 공간을 넘어 체험과 교
육 공간으로서 시민 정원을 꿈꾸는 것. 더 많은 사람들이 더
오랫동안 '함께 즐길 수 있는 공간'이 만들어지기를 바라본다.

　정원은 심리학적 관점에서도 중요하다. 바로 끊임없이 경
쟁하고 성공을 중시하는 사회 분위기 속에서 점점 더 소외
되어가는 우리 자신의 마음을 돌보는 공간으로서 정원은 완
벽한 심리적 은유가 될 수 있다. 즉 정원을 가꾸는 삶을 통해
우리 자신의 마음을 돌보는 행위가 가능해지는 것이다. 나
는 칼 구스타프 융이 강조한 '아니마Anima', 즉 남성성 내부
에 잠재되어 있는 여성성이야말로 정원을 가꾸는 행위의 본
질적 아름다움을 응축한 단어라고 생각한다. 점점 각박해
져가는 현대사회에서는 여성들에게마저도 아니무스Animus,
즉 남성적 가치가 각광받는다. 융의 아니마와 아니무스 개
념을 접하면서, 나는 비로소 진정한 여성성에 눈을 뜨게 되

었다. 남성 안에 내재된 무의식적 여성성이 아니마라면, 여성 안에 내재된 무의식적 남성성이 아니무스라는 것이다. 독점하고 지배하고 소유하고 승리하고자 하는 것이 아니무스의 본질이라면, 배려하고 치유하고 공유하며 용서하는 것이 아니마의 본질이다. 인간은 본래 남성성과 여성성 모두를 구비한 양성성의 존재였지만, 문명이 발달하면서 남성의 여성성, 여성의 남성성은 억압되었다는 것이다.

나는 거기서 조금 더 나아가 현대사회에 진정으로 필요한 것은 아니무스보다는 아니마라는 생각에 도달하게 되었다. 여성이 남성 못지않게 사회에 진출하면서 고유한 여성성 또한 위협받게 되었기 때문이다. 독점하고 지배하려는 마초적 남성뿐 아니라 성공을 꿈꾸는 여성도 그러한 남성성의 쾌감에 눈을 뜨게 되었기 때문이다. 물론 인간에게는 두 가지 본성 모두가 필요하다. 하지만 점점 스파르타식으로 인간을 개조해가는 이 지독한 무한 경쟁 시대에, 우리에게 더 필요한 것은 배려하고 치유하고 공유하는 것, 그것이 곧 더 커다란 승리임을 깨닫는 아니마의 지혜가 아닐까.

몇 년 전 서울시립미술관에서 열린 르누아르 특별전을 보

면서 나는 내 안에 잠재된 아니마의 꽃봉오리가 나도 모르
게 만개하는 감동을 느꼈다. 르누아르 그림에서 가장 중요
한 두 가지는 바로 '여성'과 '꽃'이다. 르누아르는 이렇게 말
했다. "여자들은 남자들이 꿈에서도 가질 수 없는 능력, 즉
삶을 아름답게 만드는 재주가 있다네." 이것이야말로 아니
마의 본질이며, 르누아르 예술의 중핵이 아닐까. 우리의 거
칠고 메마른 삶을 촉촉하고 아름답게 만드는 본능적 천재
성이야말로 아니마의 핵심인 것이다. 바느질하고 피아노 치
고 정원을 가꾸고 수다를 떠는 평범한 여성들 속에서 최고
의 아름다움을 발견한 르누아르. 우리 삶에 진정 필요한 치
유와 배려의 에너지, 아니마의 본질을 가꾸는 최고의 장소,
그곳이 바로 우리가 꿈꾸는 시민의 정원이 아닐까. 삶을 더
아름답게 만드는 재능을 키워내는 곳, 생활의 편리와 경쟁
의 급박함 속에서 우리가 망각해버린 가치들을 복원하는
곳. 그곳이 새로운 시민 정원의 사회적 가치가 되기를 바란
다. '삶을 치유하고 타인을 배려하는 집단적 아니마'의 공간
으로서 정원을 꿈꾸고 설계하고 책임감 있게 가꾸는 행위를
통해 우리는 좀 더 창조적이고 자유로운 삶의 주체가 될 수
있을 것이다.

사방이
뻥 뚫린
감옥에서
살아간다는
것

누군가 나의 자존을 끊임없이 지치지도 않고 위협한다고
상상해보자. 매일 모욕당하고 협박당하고 린치와 욕설까지
감내해야 한다면? 상상만으로도 끔찍하다. 하루도 빠짐없
이 '너는 열등하고 나는 우월하다'는 인식을 심어주는 타인
이 있다면, 우리의 자존은 얼마나 버틸 수 있을까. 모욕의 가
장 무서운 결과는 모욕을 당하는 사람이 자신이 하찮다고
모욕을 내면화하는 것이다. 더 이상 '나는 좋은 사람이다. 나
는 사랑받을 자격이 있다. 나는 살 만한 가치가 있다'라는 최
면으로 스스로를 치유할 수 없게 되는 것이다. 영화 「헬프」
를 보는 동안, 나는 유색인 가정부라는 이유만으로 부당한
차별을 견뎌야 하는 그녀들의 아름다운 정신 승리법에 감
탄했다. '나는 멋지다. 나는 사랑스럽다. 나는 착하다.' 그녀
들은 금방이라도 무너져 내릴 것만 같은 스스로에게, 나아

가 자신처럼 고통받는 타인들에게 매번 그렇게 절규하고 있었다. 너무도 당연한 진실이지만, 아무도 그녀들에게 인정해주지 않는 그것. '나는 멋지다. 나는 사랑스럽다. 나는 착하다. 그러므로 내가 오늘 받은 학대는 부당한 것이다.'

우리 사이엔 넘을 수 없는 '선'이 있다?

아이빌린(비올라 데이비스)은 베이비시터 역할에 도가 튼 가정부다. 젖먹이 아이가 어엿한 소년 소녀가 되기까지, 그녀는 육아와 관련된 모든 정보의 달인이자 제2의 엄마다. 아이빌린은 백인 아이들을 키우느라 정작 자기 아이를 키우지 못했다. 게다가 그녀의 아이는 스무 살을 갓 넘기고 죽었다. 사고사였지만 백인 의사들이 유색인을 치료하면 안 된다는 규정만 없었어도 살아남았을 것이다.

아이빌린의 절친 미니(옥타비아 스펜서)는 요리의 달인이다. 그녀의 요리를 맛본 사람들은 결코 그 천상의 맛을 잊지 못한다. 하지만 미니에게는 치명적인 약점(?)이 있다. 속에 품은 말을 참고 참다가 기어이 뱉어내고 마는 것이다. 특히 그 것이 백인들에 대한 입바른 소리일 경우에는 더욱더 위험하기 마련이다. 백인들은 그녀의 당돌한 충고를 듣자마자 그녀의 모든 장점을 잊고 그녀를 부리나케 해고한다. 미니의 어머니도 가정부였다. 할머니는 가내노예였다. 아마 이대로 나가다가는 그녀의 딸도 가정부가 될 것 같다. 미니는 어머니에게 이런 교육을 받았다. "백인들은 네 친구가 아니야. 백인 여자가 자기 남편과 이웃집 여자가 같이 있는 걸 붙잡아도 넌 모른 척해야 한다. 알아들었니?" 하지만 가슴속에 불타는 정의의 투사를 잠재우지 못한 미니는, 당최 그 '모른 척'이 되질 않는다. 난 맞설 수 있는데, 난 싸울 수 있는데, 왜 안 된다는 거지? 그녀는 매번 해고당하면서도 이 서글픈 의문을 풀어내지 못한다.

스키터(에마 스톤)는 작가를 꿈꾸는 백인 여성이다. 그녀는 아이빌린의 고용주 엘리자베스, 미니의 옛 고용주 힐리의 오랜 친구다. 그러나 스키터는 친구들처럼 유색인 가정부를 박대하지 않는다. 그녀에게 가정부 콘스탄틴은 어머니와도 같은 존재였다. 어머니가 스키터의 선머슴 같은 외모와 '여

자답지 못한' 행동에 불만을 터뜨릴 때도, 콘스탄틴은 스키
터의 손을 꼭 잡으며 말해주었다. "당신의 가치를 결정하는
건 당신 자신이에요. 아무도 당신의 가치를 함부로 재단할
수 없어요." '너는 무가치하다'는 무언의 사이렌이 도처에 울
려 퍼지는 백인들의 마을에서, '나는 멋지다. 나는 좋은 사람
이다. 나는 사랑받을 자격이 있다'라는 자기최면의 멜로디
는 그녀들의 유일한 안식처였다. 아이빌린은 백인으로 태어
났음에도 불구하고 예쁘지 않다는 이유로 사랑받지 못하는
아이 메이 모블린을 향해 자신을 향한 아름다운 자기최면의
멜로디를 들려준다. "난 착해요. 난 똑똑해요. 난 소중해요."
이 이야기는 위대한 백인이 힘없는 흑인들을 구제하는 이야
기가 아니다. 유색인 가정부 콘스탄틴이 백인 소녀 스키터
를 구하고, 그 백인 소녀가 자라나 아이빌린과 미니를 구하
고, 마침내 스스로를 구한 그들이 역사상 인종차별이 가장
극심했던 미시시피주의 분위기 전체를 바꾸는 이야기다. 백
인이 흑인을 연민하는 이야기가 아니라 서로가 서로의 결핍
과 절망을 소통하고 구원하는 이야기다. 아이빌린과 미니는
알고 있다. 「바람과 함께 사라지다」에 나오는 노예 생활의
낭만적 풍경은 새빨간 거짓이라는 것을. 가내노예로 살았던
자신의 조상과 시간제 가정부로 살아가는 자신들의 차이점

은, 임금제도의 유무일 뿐이라는 것을.

이 집 뜰에는 진달래나무가 지천이라 봄이 오면 「바람과 함
께 사라지다」의 배경처럼 보일 것이다. 나는 진달래도 싫고, 그
영화도 싫다. 영화는 노예 생활을 성대하고 행복한 다과회처럼
그려냈다. 내가 유모 역을 맡았다면 스칼릿에게 초록색 커튼은
엿이나 바꿔 먹으라고 했을 것이다. 남자를 꼬드기는 드레스
나부랭이는 직접 만들든가.

― 캐스린 스토킷, 정연희 옮김, 『헬프 1』,

문학동네, 2011, 90쪽.

내 슬픔에 귀를
기울여주는 사람

힐리는 인종차별이 마치 신성한
의무라도 되는 양 행동한다. 그녀는 유색인 가정부나 일꾼과
는 절대로 같은 화장실을 쓸 수 없다고 생각한다. 게다가 유

색인 전용 화장실을 제멋대로 지어놓고는 '고맙다'는 말까지 듣고 싶어 한다. 아이빌린은 백인들의 무관심 때문에 아들을 잃었고, 스키터는 엄마보다 더 엄마 같았던 유모를 잃었으며, 미니는 단지 '용무'가 급해서 백인들의 화장실을 썼다는 이유로 일자리를 잃었다. 그들은 모두 무언가를 잃었다. 그것밖에는 공통점이 없다. 하지만 그것이야말로, 그들을 이어주는 '아름다운 고리'다. 어떤 상처는, 연대할수록 빛을 발한다. 어떤 상처는, 곱씹을수록 구원의 향기를 뿜어낸다.

물론 아무리 인종차별이 심했던 1960년대 미시시피라지만 모두가 유색인 가정부를 차별하는 것은 아니다. 셀리아에게 새로 온 가정부 미니는 오히려 축복 같은 사람이다. 미니는 처음으로 백인 여자가 자신에게 대접해주는 음료수를 마시고는 놀라움을 금치 못한다. 백인 여자가 자신을 손님으로 예우해주다니. 태어나 처음 겪는 일이다. 그런데 이 백인 여자는 '행복이 가득한 집' 같은 이곳에서 왜 이토록 불행해 보이는 걸까. 셀리아의 태도에는 백인 여자가 유색인 여자를 대할 때 보이는 그 흔한 우월감이 전혀 없다. 백인 여자들은 그 잘못된 우월감을 행복의 상징으로 착각해서 문제지만. 그런데 이 여자, 셀리아는 이상하다. 행복의 조건이 모두

갖춰진 이 완벽한 스위트홈의 인테리어 속에서 그녀는 늘 슬퍼 보인다. 게다가 그렇게 완벽하게 차려입고는 그 어디도 외출하지 않는다. 셀리아는 남편 몰래 가정부 미니를 고용하지만, 남편은 알고 있다. 아내의 형편없는 요리 실력 덕분에 늘 곤혹스럽던 초라한 식탁이, 언젠가부터 천상의 식탁으로 바뀌었다는 것을. 남편은 맛있는 요리의 비밀을 숨기고 싶은 아내의 진심을 이해해준다. 미니는 태어나서 처음으로, 자신을 진정으로 반겨주는 백인 부부를 만난 것이다.

힐리가 유색인 전용 화장실을 모든 백인 가정으로 확대하는 운동을 제안했을 때, 스키터는 벌린 입을 다물지 못한다. 이 이야기를 들은 아이빌린은 숨조차 제대로 쉴 수 없다. 스키터는 아무리 친구라도, 점점 극악무도해지는 힐리의 횡포를 보고만 있을 수는 없다. 마침 작가로 데뷔하기 위한 준비에 한창이던 스키터는 아이빌린에게 엄청난 제안을 한다. 고통받는 당신들의 이야기를 낱낱이 듣고 싶다고. 백인들 밑에서 365일 일해야 하는, 유색인 가정부의 이야기를 글로 쓰고 싶다고. 현실을 바꾸고 싶지 않느냐고. 아이빌린은 마치 낯선 나라의 외국어를 듣는 것같이 생소하다. 내 어머니도 가정부였고, 내 할머니는 가내노예였는데, 그 할머니의 할머니도 비슷했을 텐데. 이렇게 대대손손 대물림되어온 고통의 수레바퀴가 현실 그 자체인데. 그걸 어떻게 무슨 수로 바꾼단 말이지? 아이빌린은 거절한다. 싫어서가 아니라 무서워서. 아무리 착한 스키터 아가씨라지만 그녀도 백인인데, 어떻게 그들을 믿을 수 있단 말인가.

스키터의 끈질긴 설득 끝에 아이빌린은 마침내 그녀의 진심을 받아들이고, 자신의 이야기를 들려주기 시작한다. 정말 이상하다. 내 심장은 아들이 죽은 이후로 완전히 멈춘 것만 같았는데, 누군가가 내 이야기를 들어준다는 것만으로 심장이 쿵쾅거리기 시작한다. 스키터는 아이빌린의 숨은 글솜씨에 놀란다. 아이빌린은 오랫동안 자기 마음속의 기도를 글로 써둔 메모를 가지고 있었다. 게다가 아이빌린의 기도문은 워낙 정돈이 잘되어 있어, 스키터가 약간의 윤색만 해서 타이핑 작업을 거치기만 하면 그 자체로 훌륭한 글이 되었다. 내가 쓴 나의 글을 백인 여자가 타자기로 쳐서 그걸 뉴욕에 있는 유명 출판사의 편집자에게 보내다니. 아이빌린은 생각만 해도 가슴이 떨린다. 무뚝뚝하기만 하던 그녀의 얼굴에서 설렘의 홍조를 읽어낸 스키터는 더욱 커다란 희망을 가지게 된다.

물론 이 글의 필자가 누군지 밝혀진다면, 인종차별의 메카인 미시시피에서 목숨을 부지하기 어려울 수도 있다. 그러나 아이빌린은 용기를 낸다. 뉴욕의 출판사 편집장은 스키터의 이름으로 투고된 아이빌린의 사연을 읽어보고 이렇게 조언한다. "정말 참신해. 하지만 더 많은 이야기가 필요해. 혼자만의 사연으로는 부족해. 훨씬 많은 인터뷰가 필요하다고." 아이빌린은 맨 먼저 미니에게 도움을 청한다. 미니는 망설인다. 말도 안 되는 일이라고 헛소리라고 집어치우라고 말하고 싶지만, 그녀 또한 설렌다. 정말 말할 수 있을까. 아무도 들어주지 않던 우리의 이야기를, 누군가 들어준다는 것만으로도 벌써 심장이 튀어나와 갈비뼈에 부딪히는 것 같다. 미니는 드디어 결심한다. 자신을 그토록 괴롭혔던, '백인 여성 미스 힐리의 모든 것'을 밝히기로. 아이빌린의 고백은 독자를 한없는 슬픔의 심연으로 인도한다. 미니의 고백은 독자를 끝없는 분노의 불길로 인도한다. 아이빌린과 미니의 인터뷰를 정리하는 스키터의 글쓰기는 고통받는 이들과의 '공생'을 꿈꾼다. 미스 힐리도 자기 나름대로 공적인 글쓰기를 하고 있다. 그러나 그녀의 글쓰기는 타인의 가슴을 자신의 마음처럼 더럽히는, 독약 같은 글쓰기다. 미스 힐리는 다음과 같은 글로 유색인뿐 아니라 백인마저 경악시킨다.

여성 회원님들, 다음 사실을 알고 계신가요? 유색인 질병의 99퍼센트는 소변으로 옮습니다. 우리는 유색인의 검은 염색소에 포함된 면역력이 없기 때문에 이런 질병에 걸리면 영구히 불구가 될 수도 있습니다. (…) 자신을 보호하세요. 자녀를 보호하세요. 가정부를 보호하세요.

— 캐스린 스토킷, 앞의 책, 269쪽.

활짝 열린 두 개의 귀
글쓰기라는 무기

작가가 되고 싶은 스키터는 지금 자신에게 필요한 것은 단지 글쓰기의 기술이 아니라 더 많은 타인의 슬픔을 공유하는 일임을 깨닫는다. 자신들의 슬픔을 아낌없이 토해내는 아이빌린, 미니, 스키터 사이에 아름다운 우정이 싹트는 동안 끔찍한 사건이 일어난다. 오랫동안 유색인의 권익을 찾기 위해 애써왔던 인권 운동가가 백인의 총에 맞아 살해당한 것이다. 그것도 가족이 보는 앞에서. 이 사건이 일어나자, 사람들은 더 이상 '참고 기도만

할 수가 없다'고 생각하기 시작한다. 미니뿐만 아니라 '미스
힐리의 유색인 차별 프로젝트'로 인해 고통받던 모든 가정
부들, 세상에서 자행되는 유색인을 향한 각종 차별로 신음
하던 가정부들이 하나둘씩 마음을 열기 시작한다. 스키터가
수많은 가정부들의 '고백 퍼레이드'로 정신없이 바빠질 무
렵, 그녀들의 가슴 아픈 사연을 들으며 함께 눈물짓는 일이
일상다반사가 되었을 즈음, 스키터의 연인 스튜어트가 그녀
에게 프러포즈를 한다. 그러나 그녀가 가정부들과 비밀 프
로젝트를 진행하고 있다는 것을 알게 된 스튜어트는 당혹스
러워한다. 사실 이것은 스키터에게도 위험한 일이었다. 인
종차별이 공적으로 권장되고 있는 이 고장에서, 스키터의
행동은 도저히 용납될 수 없었다. 스튜어트의 '백인다운' 충
고는 스키터에게 돌이킬 수 없는 상처로 남는다. "그러니까
내 말은, 여기 현실은 이대로 좋아. 왜 그걸 들쑤셔서 문제를
일으키느냐는 거야." 스키터는 말한다. "문제를 일으키려는
게 아니야, 스튜어트. 문제는 이미 존재하고 있어." 스튜어트
는 프러포즈 반지를 도로 챙겨서 훌쩍 떠나버리고 만다.

　이 위험천만한 유색인 가정부들의 고해성사 프로젝트에
는, 그들의 안전을 보장해줄 '보험'이 필요하다. 미니는 자신

을 비롯한 유색인 가정부 모두, 그리고 스키터의 신변까지
보호해줄 비장의 무기(?)를 드디어 털어놓는다. 미니를 '도둑
년'이라고 모함하여 이 마을 어디에서도 취직할 수 없게 만
든 힐리에게 살짝 소심한 복수를 한 적이 있다고. 미니는 자
신의 초콜릿 케이크라면 환장하는 힐리의 취향을 이용하여,
그녀에게 용서를 구하는 척하면서 초콜릿 케이크를 선물한
다. 힐리가 그 케이크를 두 조각이나 먹은 후, 미니는 박장대
소하며 폭탄선언을 한다. 사실 그 케이크에는 '내 똥'이 한 움
큼 들어 있다고. 이 포복절도할 에피소드를 이 책에 넣음으
로써 힐리의 방해 공작을 막자는 것이다.

  이제 모든 것이 준비되었다. 드디어 천신만고 끝에 책이
유명 출판사에서 익명으로 출판되고, 아이빌린, 미니, 스키
터는 뛸 듯이 기뻐한다. 누구에게도 털어놓을 수 없었던 우
리들의 이야기가 드디어 만천하에 공개되다니. 당시 마틴
루서 킹의 인권 운동이 절정에 달한 터라 이 책의 파괴력은
훨씬 커진다. 힐리는 이 모든 사실을 폭로해서 스키터는 물
론 이 책에 관여한 모든 가정부들을 파멸시키려 하지만 '두
조각 케이크 사건'이 그녀의 발목을 잡는다. 고백 퍼레이드
에 참가했던 모든 가정부들은 소정의 원고료까지 받고 환

호한다. 그보다 더 기쁜 것은, 더 이상 백인들이 그녀들을 함
부로 모욕할 수 없다는 것, 더 이상 당하고 참고 기도만 하지
않아도 된다는 것이었다. 스키터는 작가의 꿈을 활짝 펼칠
수 있는 하퍼&로 출판사에 취직하는 영광을 누리고, 아이빌
린은 스키터가 원고를 투고하던 잡지사에 취직이 되며, 미
니는 남편의 상습적인 구타로부터 벗어나 드디어 독립을 결
심하게 된다.

처음에는 작가가 되고 싶은 한 여자의 소박한 꿈으로 시
작된 이 일이, 나중에는 '고백의 도미노 현상'을 불러일으키
고, 미국 사회 전체의 핫이슈, 유색인 인권의 문제로 확장되
기까지. '내 이야기를 타인에게 전하고 싶다'는 꿈은 세 여자
의 눈부신 우정으로 이어졌고 마침내 미국 사회에서 인종차
별이 가장 극심한 지역의 분위기를 바꾸게 된다. 가정부the
help가 준 진짜 도움은 단지 집안일의 익숙한 처리가 아니었
다. 그녀들의 진정한 도움은, 영원히 깨질 것 같지 않았던 굳
건한 편견조차도 얼마든지 뛰어넘을 수 있다는 믿음이었다.

천만다행으로 고통받는 이들이 투쟁하면 할수록, 저항하
면 할수록 세상은 좀 더 살 만해졌다. 약자들이 포기하지 않

을수록, 그들이 싸움을 다시 시작할 때마다, 세상은 조금씩 환해졌고 시간이 갈수록 조금씩 아름다워졌다. 가끔은 미래로부터 과거를 향해 편지를 보내고 싶을 때가 있다. 1960년대 미국, 인종차별로 고통받았던 그 모든 이들에게, 「헬프」라는 이름의 아름다운 편지를 띄워 보내고 싶다. 그들의 피부색만 살짝 바꾸면, 이 모든 아픔은 우리 모두가 언제든 겪을 수 있는 일임을 우린 알고 있다. 피부색이 다르다는 이유만으로, 금발의 파란 눈이 아니라는 이유만으로, 우리는 외국인의 피부색이 얼마나 더 하얀가에 따라 무의식적으로 등급을 매기고 있지는 않은가. 「헬프」가 우리에게 진정 '도움'을 줄 수 있다면, 그것이 1960년대 미국 미시시피주의 이야기만이 아니라, 우리 모두에게 바로 지금 보내는 따스한 저항의 메시지이기 때문일 것이다. 프란츠 파농은 이렇게 말한다. "타자를 만지고 타자를 느끼며 동시에 타자를 나 자신에게 설명하려는 그런 단순한 노력을, 왜 그대는 하지 않는가." 타자를 만지고 느끼고 이해하는 그 단순한 노력이야말로 오늘 우리에게 필요한 진정한 '도움'이 아닐까.

자아를
찾는
여성,
마녀가
되다

 남성의 가장 흔한 불평 중 하나. "도대체 여자들이 원하는
게 뭐야?" 꾸밈없는 솔직함이 여성의 매력이 된 것은 사실
얼마 되지 않았다. 수많은 여성은 아직도 마음 깊은 곳에 원
하는 바를 직접 말하는 것에 대한 막연한 두려움을 품고 있
다. 에둘러 말하고 넘겨짚고 온갖 완곡어법을 동원하는 것
은 여성의 주특기다. 프랑스의 여성학자 엘렌 식수는 말한
다. '할 수 있다, 원한다, 말한다, 즐긴다!' 이런 식의 모든 '향
유'는 여성을 위한 것이 아니었다고. 여성에게 투표권도 발
언권도 상속권도 없던 시대에, 자신의 목소리를 당당히 내
고 싶어 한 여성은 어떻게 되었을까. 원하는 것을 원한다 말
하고, 싫은 것은 단호히 거부했던 여성의 삶은 평탄했을까.

 조국을 배신하고 남편을 도왔다가 남편이 배신하자 자식

까지 죽인 것으로 알려진 '희대의 악녀' 메데이아, 눈만 쳐다
봐도 모든 사람을 돌로 만든 '머리부터 발끝까지 사악한' 존
재 메두사. 팜파탈, 악녀, 요부의 대명사로 알려진 이들은 사
실 그리스 신화에서 영웅이나 신의 사랑을 받았던 다른 여
성들 못지않게 매력 만점인 아름다운 여성이었다. 메두사가
아직 '인간'이었을 때 그녀는 너무 많은 남성의 구애를 받아
정신을 못 차릴 지경이었고, 포세이돈과의 '세기의 로맨스'
로 아테나의 질투를 한 몸에 받았다. 메데이아는 주술과 마
술을 총괄하는 강력한 여신 헤카테를 숭배하는 마법사로 명
성을 떨쳤다. 단지 제우스의 사랑을 받았다는 이유로 그리
스 신화에 등장하는 수많은 미녀와는 차원이 다른 독자적
매력과 재능을 가지고 있었던 두 여인. 그들은 어떻게 위협
적인 마녀, 음란한 요부, 위험한 팜파탈의 대명사로 굳어지
게 되었을까.

남성의 지배에
길들지 않는 여인들

황금 양피를 찾으러 콜키스에 온

영웅 이아손에게 첫눈에 반한 메데이아. 그녀는 수많은 구
혼자를 물리치고 낯선 이방인 이아손에게 마음을 빼앗긴다.
마법사인 메데이아의 도움이 없었다면 이아손은 결코 아르
고 원정대의 임무를 성공적으로 완수할 수 없었을 것이다.
메데이아는 그녀가 가진 모든 마법과 주술의 힘을 동원해
이아손을 돕고, 마침내 함께 조국을 떠난다. 메데이아가 부
리는 각종 마술의 효험을 톡톡히 본 이아손은 이번에는 인
간의 힘으로는 도저히 불가능한 또 하나의 미션을 아예 대
놓고 요구한다. 아버지의 생명을 연장해달라는 것이다. 메
데이아는 군말 없이 온 마음을 다해 제의를 주관하고 마법
을 동원해 죽음을 앞둔 시아버지를 무려 40년 전의 젊은 모
습으로 되돌려놓는 데 성공한다.

그러나 이아손은 '무엇이든 다 들어주는' 아내의 헌신적
사랑에 권태를 느낀 것일까. 그녀를 배신하고 코린토스의
공주 글라우케와 결혼하고 만다. 사랑하는 사람을 위해 자
신이 누려온 모든 것을 버리고 낯선 곳으로 떠나온 메데이
아는 광기와 복수심에 가득 차 두 아이를 죽음에 이르게 했
다. 메데이아의 라이프 스토리는 여기서 끝나지 않는다. 그
녀는 테세우스의 아버지인 아테네의 왕 아이게우스와 결혼

하기도 했고, 마침내 고향에 돌아와 빼앗긴 왕위를 되찾는 데 성공하기도 한다. 그리스의 작가 에우리피데스는 그녀를 사랑에 눈이 멀어 광기 어린 복수를 자행한 여인으로 그렸지만, 이후 작가들의 수많은 패러디 속에서 메데이아는 주로 '남성의 지배에 길들지 않는, 최고로 다루기 힘든 악녀'로 자리 잡는다.

한편 포세이돈과 사랑에 빠진 아름다운 여인 메두사는 인간으로서 가장 끔찍한 형벌인 '신의 증오'를 받았다. 포세이돈을 짝사랑한 아테나의 질투를 받은 것이다. 아테네 신전에서 사랑을 나누던 포세이돈과 메두사의 모습을 발견한 아테나는 진노한다. 메두사는 특히 탐스럽고 아름다운 머릿결로 유명했는데, 아테나는 메두사의 머리카락을 한 올 한 올 끔찍한 뱀으로 둔갑시키고 메두사와 눈이 마주치는 모든 사물은 돌이 되도록 하는 저주를 건다. 아테나의 사주를 받은 페르세우스는 메두사와 눈이 마주치지 않도록 거울이 달린 방패로 그녀의 동태를 엿보는 전략으로 메두사를 처치한다. 아테나는 방패에 메두사의 얼굴을 달아 연적의 얼굴을 적들을 죽이기 위한 '무기'로 만드는 데 성공한다. 신화를 그림으로 형상화한 수많은 작품 중 가장 익숙한 메두사의 모습은

바로 목이 잘린 참혹하고 괴기스러운 모습, 절멸해가는 악
녀의 비참한 말로다.

찬란한 재능과
아름다움의 대가

코린트인에게 메데이아는 페스트
와 같은 존재로 묘사된다. 크리스타 볼프의 『메데이아, 목소
리들』(1996)에서 메데이아는 말한다. 그들은 지금 나, 메데이
아를 마치 나병 환자처럼 피하고 있다고. 보이지 않는 손으
로 내 주위에 원을 그리고는, 어느 누구도 넘지 않는다고. 사
람들은 버림받은 메데이아를 마치 병균 다루듯이 피했다.

그리스 신화의 대표적 영웅 페르세우스의 전투 또한 뭔가
비겁한 데가 있지 않은가. 메두사의 눈과 혹시라도 마주칠
까 벌벌 떠는 그가 메두사를 처치하는 장면은 통쾌하기보다
는 '영웅의 카리스마'에 어울리지 않는 사술邪術처럼 보인다.
그녀의 눈길을 '성공적으로 회피함'으로써 승리하다니. 그리
스 신화에는 그토록 많은 영웅이 존재하지만 메두사의 저주

를 깨는 진정한 영웅은 존재하지 않았던 것 같다. '괴물'이나 '마녀'로 규정되는 메두사와 메데이아는 남성 중심주의 신화의 껍질을 벗으면 단지 '여자'일 뿐이었다. 그녀들이 '애초에' 저지른 유일한 죄(?)는 '여성'이라는 사실뿐이었다.

메데아는 박쿠스의 여신도들처럼 머리를 풀고는 불타는 제단들 주위를 돌다. (⋯) 청동 솥 안에서는 강력한 약재가 하얗게 거품을 튀기며 부글부글 끓고 있었다. 그 솥 안에다 그녀는 하이모니아의 골짜기에서 베어 온 뿌리들을 씨앗들과 꽃들과 검은 액즙과 함께 끓이고 있었다. (⋯) 또 보름달이 뜰 때 모은 흰 서리와, 불길한 올빼미의 날개 및 살점과, 야수의 얼굴을 인간의 얼굴로 둔갑할 수 있는 늑대 인간의 내장도 넣었다. (⋯) 메데아는 칼집에서 칼을 빼어 노인의 목을 따고는 늙은 피를 모두 쏟아 보낸 다음 그의 혈관을 자신이 만든 영액으로 채워 넣었다. 그것의 일부는 입으로, 일부는 상처로 들이마시고 나자 아이손의 수염과 머리털이 잿빛을 잃더니 검은색을 회복했다.

— 오비디우스, 천병희 옮김, 『원전으로 읽는 변신이야기』,
  숲, 2005, 323~325쪽.

위 장면은 메데이아가 남편 이아손의 부탁으로 시아버지
아이손의 수명을 연장시키는 광경이다. 메데이아가 홀로 당
당히 제의를 주관하고 마법을 실현하기 위해 동분서주하는
모습은 「반지의 제왕」의 간달프나, 「해리 포터」의 마법사
들보다 훨씬 멋지고 카리스마 넘친다. 그 순간 그녀는 남자
의 사랑 따위에 의존할 필요가 없는 완전히 자기 충족적인
존재로 그려진다. 그러나 그리스 신화는 이아손의 배신에
는 아무런 비판의 목소리를 내지 않고 메데이아의 '사악함'
에 초점을 맞춘다. 그녀의 좌절된 여성성은 배려의 대상이
되지 못하고 그녀는 남편에게 사랑받지 못한 여성의 히스테
리, '비이성'과 '광기'의 대명사가 된다. 메데이아에게는 「헨
젤과 그레텔」이나 「인어 공주」의 마녀가 보여주는 주술적
능력, 「백설 공주」의 계모나 「신데렐라」의 계모가 실현하는
잔혹한 모성의 원형이 살아 숨 쉬고 있다.

합리적이고 미래지향적이며 실리주의적인 이아손과 감
정적이고 과거에 사로잡히며 격정적인 메데이아의 대립. 이
런 식의 신화 해석에는 여성성과 남성성을 바라보는 전형적
인 가부장 중심의 시선이 담겨 있다. 사실 메데이아는 이중
삼중의 차별을 받고 있었다. 조국을 배반한 인간, '여성'이라

는 핸디캡. 그녀는 '그리스인'이 아닌 '야만인'이라는 인종차별까지 받는다. 나아가 마법의 힘을 이용할 줄 안다는 것, 남편의 '배신'을 인내하지 못하고 감히(?) 남편에게 복수하려 했다는 것까지 비난받는다. 그녀의 모든 충동이 단지 '파괴'를 향하고 있었을까. 그녀의 열정과 충동을 감싸 안아주는 사랑이 있었다면, 그녀는 마법사로서 연금술사적인 재능을 마음껏 뽐내지 않았을까. 실제로 이아손의 배신 이전 메데이아는 전사의 용맹성과 마법사의 재능으로 빛났다. 메데이아는 '여걸'과 '샤먼'의 권능으로 가득 찬 캐릭터였다.

이아손: 나를 포기해라, 당신은 나의 삶의 재앙이야! (…) 당신이 빼앗아갔던 것을 다시 내게 돌려주시오. 나 이아손에게 돌려다오. 사악한 여인이여!

메데이아: 당신은 이아손으로 돌아가길 원하는가? 여기 있소! 그를 가져라! 그러나 누가 나 메데이아에게 줄 것인가? 누가 나를 되돌려줄 것인가!

— 프란츠 그릴파르처, 『황금 양피Das goldene Vliess』 중에서

메데이아를 재해석하려는 다양한 시도가 있었지만 원초
적 마성을 그 자체로 긍정하기까지는 꽤 오랜 시간이 걸렸
다. 프리드리히 클링거의 『카우카소스에서의 메데이아』는
메데이아의 마력을 빼앗고 자살에까지 이르게 함으로써 그
녀를 마녀에서 인간으로 길들이고 있다. 자신의 죄를 인정
하고 자살하는 그녀의 모습을 숭고하게 묘사해 전 생애를
'부정'의 대상으로 삼고 있는 것이다. 자살을 통해 속죄받는
메데이아는 그리스 신화에서 어떤 망설임이나 죄의식 없이
폭주하던 캐릭터와는 아주 상반된다. 잃어버린 이아손의 정
체성은 그가 메데이아를 버림으로써 쟁취될지 모르지만 잃
어버린 메데이아 자신, 그녀 자신은 어디에서도 찾을 수 없
다. "이제 어디로 갈 것인가. 내가 살 수 있는 세계, 이 시대가
어딘가에 있을까. 물어볼 수 있는 사람이 아무도 없다. 이것
이 대답이다."(크리스타 볼프, 『메데이아, 목소리들』 중에서) 그녀가
가고 수천 년이 지났지만 아직 '마녀'들을 위한 자리는 이 세
상에 없는 것이 아닐까.

내가 덧붙이고 싶은 것은 이 신화 속에 암시된 것이 어머니
의 생식기라는 사실이다. 자신의 갑옷에 메두사의 머리를 달고

온 아테나는 나중에 어느 누구도 접근할 수 없는 여자가 되었
다. 어느 남자든 그녀를 보기만 해도 성적인 모든 생각이 다 사
라졌던 것이다.

　— 프로이트, 김정일 옮김, 『성욕에 관한 세 편의 에세이』,

　　열린책들, 2003, 289쪽.

　프로이트는 남자들이 여성의 성기 앞에서 '거세 콤플렉
스'를 느낀다고 주장하면서 메두사야말로 남성의 성적 욕망
자체를 마비시키는 두려운 존재라고 말한다. 메두사를 본래
의 아름다운 존재로 그린 화가나 작가는 찾아보기 어렵다.
너무 끔찍하고 잔인해 눈을 질끈 감게 만드는 그림들. 그러
나 메두사의 진심은 어쩌면 페르세우스에게 살해당한 후 피
투성이로 잘린 그녀의 머릿속에서 태어난 아름다운 천마天
馬 페가수스를 가장 닮지 않았을까. 자신에게 걸린 저주를
끝까지 풀지 못하고 신의 증오 속에서 생을 마감해야 했던
메두사는 밤하늘의 별자리 페가수스로 다시 태어난 것이 아
닐까. 흥미롭게도 메두사의 '진짜 이야기'를 들려주는 것은
메두사의 머리를 자른 살인자 페르세우스다.

　그녀는 전에 빼어난 미인이었고, 수많은 구혼자들의 희망이
자 시기의 대상이었소. 그녀는 다른 부분도 아름다웠지만 머리
털이 가장 매력적이었소. 그녀를 직접 보았다고 주장하는 사람
을 나는 만난 적이 있소. 하나, 사람들이 말하기를, 바다의 지배
자가 그녀를 미네르바의 신전에서 겁탈했다고 하오. 그러자 융
피테르의 따님이 돌아서서 정숙한 얼굴을 아이기스로 가렸소.
그리고 그런 행위가 벌 받지 않는 일이 없도록 하기 위해 여신
은 고르고의 머리털을 흉측한 뱀 떼로 바꿔버렸소. 지금도 여
신은 겁에 질린 적들을 두려움으로 놀라게 하려고 가슴 위에
자신이 만들었던 뱀 떼를 차고 다니지요.

　― 오비디우스, 앞의 책, 226쪽.

마녀를 배척하는
사회를 고발하라

　　　　　　　　메두사나 메데이아가 처음부터
'마녀의 원형'은 아니었던 것 같다. 그녀들은 다른 그리스 신
화의 주인공처럼 '선악을 넘어서' 꿈틀거리는 욕망의 루트

를 따라 움직인 캐릭터였고, 중세의 마녀사냥과 근대사회
의 가부장 이데올로기의 '여과 장치'를 거치며 점차 그 악마
성이 강화되었다. 최근 메데이아 신화를 긍정적으로 검토하
는 작품이나 연구가 늘어나고, 메두사 캐릭터의 새로운 가
능성을 연구하는 사례도 많아지고 있다. 메데이아를 사악
한 존재가 아니라 용기 있고 영리한 존재로 여기며 그녀를
찬양하고 숭배하는 제의를 드리는 곳도 있다. 아폴로니오스
로도스는 메데이아를 마녀가 아니라 이아손을 영웅으로 만
든 진정한 조력자로, 남성 영웅들에 전혀 밀리지 않는 총명
하고 용맹스러운 여인으로 묘사한다. 메데이아 숭배는 흑해
동쪽에 위치한 콜키스뿐 아니라 코린트에서도 오랫동안 계
속되었다고 한다.

　메두사와 메데이아는 개성이 오직 남성에게만 허락된 미
덕이던 시절에, 여성은 오직 집단적 삶의 윤리에 따라야 했
던 시대에, 누구보다도 당차게 '개인의 선택'을 실천했던 여
성이다. 조국이나 신의 사랑보다 자신의 사랑을 선택했던
여인들, 그 선택에 책임지기 위해 세상 끝까지 달려갔던 여
인들. 그들의 끔찍한 자아 상실과 죽음의 잔해를 딛고 페르
세우스와 이아손은 그리스 신화 최고의 영웅이 되었다. 이

아손의 모험을 성공시키기 위해 분골쇄신할 때는 그토록
(남성을 위해) 쓸모 있었던 메데이아의 능력이 남성 중심의 사
회를 위협하는 잠재적 야만성으로 취급받았던 것이다. 메두
사의 권능 또한 끝내 페르세우스 영웅 만들기 신화를 위한
최고의 연료로 사용된다. 오직 남성만이 '주체'로 인정받았
던 시대에 '좋은 여자'란 다음과 같은 존재가 아니었던가.

　　좋은 여자는 남자가 그 여자에게서 자기 힘과 자기 욕망을
실감할 수 있도록 꽤 오랫동안 '저항하는' 여자, 그러나 남자가
자기 자신이 보기에도 위대해지고 더욱 든든해져서 자기 자신
에게로의 회귀를 향유할 수 있도록 너무 지나친 장애 없이, 너
무 오래 저항하지 않는 여자이다.

　— 엘렌 식수, 박혜영 옮김, 『메두사의 웃음/출구』,

　　동문선, 2004, 86쪽.

　　욕망을 불러일으키는 존재이긴 하지만 욕망을 '자기 것'
으로 만들어서는 안 되는 존재. 남성에게 너무 쉽게 주도권

을 빼앗기지는 않되 남성을 너무 피곤하게 만들어서는 안
되는 존재. 그러니까 남성의 우위를 더욱 흥미롭게, 적당히
충족시키는 존재가 될 것. 그것이 여성다운 여성이 되는 지
름길이었다. 엘렌 식수는 말한다. 국가의 업무 안에 그대, 여
성의 욕망을 위한 자리는 없었다고. 남자는 성공을 위해, 사
회적 사다리를 오르기 위해 만들어졌지만 남자에게 여자는
영원한 위협, 반反-문명을 표상한다고. 프로이트와 그 후계
자들이 지적했듯이, 남성의 운명이란 여성이기를 너무나도
두려워하는 것이라고.

　하이너 뮐러의 「메데이아」는 여성에게 강요된 포지션에
서도, 여성을 지배하는 남성의 위치에서도 살고 싶지 않은
메데이아의 '비정체성(정체성 없는 정체성, 남성도 여성도 아닌 정체
성)'을 향한 욕망을 이렇게 표현했다. "야만인인 나의 이 두
손으로, 나는 인류를 두 조각으로 쪼개고 싶다. 그리고 텅 빈
중앙에 살고 싶다. 나! 여자도 아니고 남자도 아닌!"

6월의 화가

프란츠
마르크

프란츠 마르크

Franz Marc

　　　　　　　　　　1880년 뮌헨에서 태어났다. 1899
년 종교와 문학을 전공하려 대학에 입학했으나 화가가 되기
로 결심, 이듬해 뮌헨 미술 아카데미에 들어간다. 1903년 파
리에서 인상파 그림을 접하고는 아카데미를 그만두고 1904
년 아틀리에를 마련해 홀로 창작에 몰두한다. 1910년 마케
를 만나 우정을 쌓고 1911년 칸딘스키와 교류하며 청기사
파를 결성해 전시회를 연다. 둘은 푸른색을 유난히 좋아했
다. 1912년 두 번째 전시회를 개최하고 『청기사』 예술 연감
을 발간한다. 동물을 특히 많이 그렸으며, 빨강 노랑 파랑 등
강렬한 색채로 자연과 온갖 생명들을 표현하였다. 제1차 세
계대전에 징집되어 1916년 프랑스 베르됭에서 사망한다.

반짝반짝

내 안의 빛이 되어준 말들의 추억

지은이   정여울

2018년 6월 15일 초판 1쇄 발행

책임편집   홍보람
기획 · 편집   선완규 · 안혜련 · 홍보람
기획위원   이승원
디자인   형태와내용사이
타이포그래피   심우진 one@simwujin.com

펴낸이   선완규
펴낸곳   천년의상상
등록   2012년 2월 14일 제2012-000291호
주소   (03983) 서울시 마포구 동교로45길 26 101호
전화   (02) 739-9377
팩스   (02) 739-9379
이메일   imagine1000@naver.com
블로그   blog.naver.com/imagine1000

ⓒ 정여울, 2018

ISBN   979-11-85811-52-9 03810

잘못된 책은 구입처에서 바꾸어드립니다.
이 도서의 국립중앙도서관 출판예정도서목록(CIP)은 서지정보유통지원시스템 홈
페이지(http://seoji.nl.go.kr)와 국가자료공동목록시스템(http://www.nl.go.kr/
kolisnet)에서 이용하실 수 있습니다. (CIP제어번호 : CIP2018016304)